suhrkamp taschenbuch 3950

Thomas Bernhard, am 9. Februar 1931 im niederländischen Heerlen geboren, wuchs im salzburgischen und südbayerischen Raum auf. Nach drei Gedichtbänden, die in der Öffentlichkeit kaum wahrgenommen wurden, gelang ihm 1963 mit dem Roman *Frost* der Durchbruch. Es folgten weitere acht große Romane sowie zahlreiche Prosabücher (u. a. *Amras*, *Ungenach* und *Gehen*). 1970 hatte unter der Regie von Claus Peymann Bernhards erstes abendfüllendes Stück, *Ein Fest für Boris*, seine Uraufführung in Hamburg. Im selben Jahr wurde der Autor mit dem Georg-Büchner-Preis ausgezeichnet. Zwischen 1975 und 1982 legte er u. a. die fünf Teile seiner Autobiographie vor, *Die Ursache*, *Der Keller*, *Der Atem*, *Die Kälte*, *Ein Kind*. Wenige Monate nach der Uraufführung seines letzten Stücks, *Heldenplatz*, starb Thomas Bernhard am 12. Februar 1989 im oberösterreichischen Gmunden. Im Suhrkamp Verlag erscheint die Ausgabe seiner *Werke* in 22 Bänden.

Thomas Bernhard
Meine Übertreibungskunst

Ein Kompendium

Zusammengestellt von
Raimund Fellinger

Suhrkamp

Umschlagfoto: Andrej Reiser

suhrkamp taschenbuch 3950
Erste Auflage 2008

Quellennachweise am Schluß des Bandes
Suhrkamp Taschenbuch Verlag

Druck: Ebner & Spiegel, Ulm
Printed in Germany
Umschlag: Göllner, Michels, Zegarzewski
ISBN 978-3-518-45950-8

1 2 3 4 5 6 – 13 12 11 10 09 08

Meine Übertreibungskunst

Ich neige ja, wie Sie schon bemerkt haben, überhaupt nicht zur Übertreibung.

Frost, 1963

Die Schriftsteller
auch wenn sie Wissenschaftler sind
sind Übertreibungsspezialisten

Die Berühmten, 1976

Um etwas begreiflich zu machen, müssen wir übertreiben, hatte ich zu ihm gesagt, nur die Übertreibung macht anschaulich, auch die Gefahr, daß wir zum Narren erklärt werden, stört uns in höherem Alter nicht mehr.

Auslöschung, 1986

A wie: *Ärzte*

Die sogenannten psychiatrischen Ärzte bezeichneten die Krankheit meines Freundes einmal als diese, einmal als jene, ohne den Mut gehabt zu haben, zuzugeben, daß es für *diese* wie für alle anderen Krankheiten auch, keine richtige Bezeichnung gibt, sondern *immer* nur falsche, immer nur irreführende, weil sie es sich letzten Endes, wie alle anderen Ärzte auch, wenigstens *durch immer wieder falsche Krankheitsbezeichnungen* leichter und schließlich auf mörderische Weise bequem gemacht haben. Alle Augenblicke sagten sie das Wort *manisch*, alle Augenblicke das Wort *depressiv* und es war in jedem Fall immer falsch. Alle Augenblicke flüchteten sie (wie alle anderen Ärzte!) in ein anderes Wissenschaftswort, um sich (nicht aber den Patienten!) zu schützen und abzusichern. Wie alle anderen Ärzte verschanzten auch die den Paul behandelnden sich hinter der lateinischen Sprache, die sie zwischen sich und ihrem Patienten als einen unüberwindlichen und undurchdringlichen Wall aufrichteten mit der Zeit wie ihre Vorgänger seit Jahrhunderten nur zu dem alleinigen Zweck der

Vertuschung ihrer Inkompetenz und der Vernebelung ihres Scharlatanismus. Als eine tatsächlich unsichtbare, aber doch wie keine andere undurchdringliche Mauer schieben sie das Lateinische zwischen sich und ihre Opfer schon gleich zu Beginn ihrer Behandlung, deren Methoden in jedem Fall nur die unmenschlichen und die mörderischen und die tödlichen sein können, wie wir wissen. Der psychiatrische Arzt ist der inkompetenteste und immer dem Lustmörder näher als seiner Wissenschaft. Mein ganzes Leben habe ich vor nichts mehr Angst gehabt, als in die Hände von psychiatrischen Ärzten zu fallen, gegen die alle anderen, ja letzten Endes auch immer nur unheilbringenden Ärzte, doch viel weniger gefährlich sind, denn die psychiatrischen sind in unserer heutigen Gesellschaft noch vollkommen unter sich und immunisiert und nachdem ich ihre an meinem Freund Paul so viele Jahre skrupellos praktizierten Methoden habe studieren können, fürchtete ich mich vor ihnen mit einer noch viel intensiveren Furcht. Die psychiatrischen Ärzte sind die tatsächlichen Teufel unserer Zeit. Sie betreiben ihr abgeschirmtes Geschäft im wahrsten Sinne des Wortes auf die unverschämteste Weise unangreifbar, gesetz- und gewissenlos.

A wie: *Arbeit*

Der Großteil der Menschheit, vor allem in Mitteleuropa, heuchelt Arbeit, schauspielert ununterbrochen Arbeit vor und perfektioniert bis ins hohe Alter diese geschauspielerte Arbeit, die mit wirklicher Arbeit genauso wenig zu tun hat, wie das wirkliche und tatsächliche Schauspiel mit dem wirklichen und tatsächlichen Leben. Da die Menschen aber immer lieber das Leben als Schauspiel sehen als das Leben selbst, das ihnen letzten Endes viel zu mühsam und trocken vorkommt, als eine unverschämte Demütigung, schauspielern sie lieber, als daß sie leben, schauspielern sie lieber, als daß sie arbeiten. So habe ich die Arbeit meines Vaters, die von allen Leuten immer sehr hoch eingeschätzt worden ist, niemals sehr hoch eingeschätzt, denn sie war doch meistens nichts anderes als Schauspielerei, wie die Arbeit meines Bruders, der sich mit größter Raffinesse diese Schauspielerei von seinem Vater abgeschaut hat, um sie selbst mit einer noch größeren Perfektion der bewundernden Umwelt vorzuführen. Aber nicht nur in den sogenannten höheren Ständen wird die Arbeit heute meistens nur mehr noch geschauspielert, denn wirklich getan, auch unter dem sogenannten einfachen Volk ist diese Schauspielerei weit verbreitet, die Leute schauspielern an allen Ecken und Enden Arbeit, schauspielern Tätigkeit, wo sie in Wirklichkeit nichts als faulenzen und gar nichts tun und meistens auch noch, anstatt sich nützlich zu machen, den größten Schaden anrichten. Die meisten Arbeiter und Handwerker glauben heute, daß es genug ist, wenn sie den blauen Arbeitsanzug anziehen, ohne auch nur irgend etwas zu tun, von einer nützlichen Tätigkeit ganz zu schweigen, sie schauspielern Arbeit und ihr Kostüm ist der den ganzen Tag penetrant getragene blaue Arbeitsanzug, mit diesem rennen sie ununterbrochen umher und kommen tatsächlich sehr oft auch in Schweiß darin, aber dieser Schweiß ist ein falscher und deshalb perverser und beruht nur auf geschauspielerter Arbeit, keiner wirklichen. Auch das Volk ist längst daraufgekommen, daß geschauspielerte Arbeit einträglicher ist, als wirklich getane, wenn auch bei weitem nicht gesünder, im Gegenteil, und schauspielert Arbeit nur noch, anstatt sie tatsächlich zu verrichten, wodurch die Staaten auf einmal, wie wir sehen, vor dem Ruin stehen. In Wahrheit und in Wirklichkeit gibt es nurmehr noch Schauspieler auf der Welt, die Arbeit spielen, keine Arbeiter. Alles wird geschauspielert, nichts mehr wird wirklich getan.

B wie: *Buchhändler*

Er sei Buchhändler geworden, weil er genug Masochist sei zu diesem Zwecke einerseits, weil ihm ein Onkel, ein Bruder seiner Mutter, die Buchhandlung hinterlassen habe andererseits. Er empfinde natürlich an jedem Tage und im Grunde solange er die Buchhandlung unterhalte, den mit einem solchen Geschäft auf Gedeih und Verderb verbundenen Geschichts- und Geisterleerlauf, er habe sich aber damit abgefunden und wenn er sich an den Produkten, die er jetzt schon über drei Jahrzehnte verkaufe, genug geekelt habe, finde er dann immer wieder in einem jener historischen Sätze Zuflucht, die ein verrückter sogenannter Dichter oder Denker zur Beglaubigung seiner Verrücktheit geschrieben habe. Es seien aber schon lange keine Bücher mehr, die ihn retten könnten, sondern nurmehr noch Sätze, einzelne Sätze von Novalis beispielsweise, von Montaigne, von Spinoza, von Pascal, an welchen er sich von Zeit zu Zeit anklammern müsse, um nicht unterzugehen. Die Buchhändler seien von allen die Bedauernswertesten, weil auf ihnen wie auf nichts sonst die ganze Scheußlichkeit und Gemeinheit der Menschengeschichte und die ganze Hilflosigkeit und Erbarmungswürdigkeit der Kunst laste und sie sich immer zu fürchten haben, von dieser antimenschlichen Last erdrückt zu werden. Der Buchhändler, der sein Geschäft ernst nimmt, ist der Bedauernswerteste des ganzen Menschengeschlechts, weil er tagtäglich und ununterbrochen mit der absoluten Sinnlosigkeit des jemals Geschriebenen konfrontiert ist und wie kein zweiter die Welt als Hölle erlebt, so Goldschmidt zu Koller. Goldschmidt sei aber einer der am allerwenigsten Buchhändler, auf die der Begriff des Buhhändlers überhaupt noch anwendbar sei, denn die Buchhändler wie Goldschmidt, die ihren Buchhandel ernst nehmen und die den Buchhandel nicht als gemeines Geschäft, sondern, tatsächlich noch als eine der Geschichte und der Literatur und der Kunst dienende Geistesarbeit und -liebe auffaßten, seien beinahe gänzlich ausgestorben. Die Geistfeindlichkeit, die heute alles beherrsche, so Koller, sei auch oder gerade über die Buchhändler in Europa und wahrscheinlich auch in der ganzen übrigen Welt gegangen.

C wie: *Chur in der Schweiz*

Die Fahrt von Wien nach Chur dauerte dreizehn Stunden, die österreichischen Züge sind verwahrlost, in den Speisewagen, wenn überhaupt einer mitgeführt wird, bekommt man das schlechteste Essen. Ich wollte, ein Glas Mineralwasser vor mir, nach zwanzig Jahren wieder einmal *Die Verwirrungen des Zöglings Törleß* von Musil lesen, was mir nicht gelungen ist, Erzählungen ertrage ich nicht mehr, lese eine Seite und bin unfähig, weiterzulesen. Beschreibungen ertrage ich nicht mehr. Andererseits war es mir aber auch nicht möglich, mir mit Pascal die Zeit zu vertreiben, die *Pensées* kannte ich alle auswendig und der Gefallen an Pascals Stil erschöpfte sich bald. So begnügte ich mich mit der Landschaftsbetrachtung. Die Städte machen, fährt man an ihnen vorbei, einen verkommenen Eindruck, die Bauernhäuser sind alle ruiniert, indem ihre Besitzer die alten Fenster herausgerissen und neue geschmacklose Plastikfenster eingesetzt haben. Nicht mehr die Kirchtürme beherrschen die Landschaft, sondern die importierten Plastiksilos, die überdimensionierten Lagerhaustürme. Die Fahrt von Wien nach Linz ist eine Fahrt durch nichts als durch Geschmacklosigkeit. Von Linz bis Salzburg ist es nicht besser. Und die Tiroler Berge bedrücken mich. Vorarlberg habe ich immer gehaßt, genauso wie die Schweiz, in welcher der Stumpfsinn zuhause ist, wie mein Vater immer gesagt hat, in diesem Punkt widersprach ich ihm nicht. Chur kannte ich von mehrmaligen Aufenthalten mit den Eltern, wenn wir nämlich nach Sankt Moritz zu reisen vorhatten und in Chur übernachteten, in dem immer gleichen Hotel, in welchem es nach Pfefferminztee gestunken hat und wo man meinen Vater kannte und ihm zwanzig Prozent Rabatt gewährte, weil er dem Hotel über vierzig Jahre treu geblieben war. Es war ein sogenanntes gutes Hotel in der Mitte der

Stadt, ich weiß nicht mehr, wie es geheißen hat, kann aber sein Zur Sonne, wenn ich mich nicht doch täusche, obwohl es an der finstersten Stelle der Stadt lag. In den Churer Weinstuben schenkten sie den schlechtesten Wein aus und trugen die geschmacklosesten Würste auf. Mein Vater nachtmahlte mit uns immer im Hotel, bestellte eine sogenannte Kleinigkeit und nannte Chur eine angenehme Zwischenstation, was ich nie verstand, denn ich hatte Chur immer als besonders unangenehm empfunden. Genau wie die Salzburger, waren mir die Churer noch verhaßter in ihrem Hochgebirgsstumpfsinn. Ich hatte es immer als Bestrafung empfunden, mit den Eltern, manchmal auch nur mit dem Vater allein, nach Sankt Moritz fahren zu müssen, in Chur Station zu machen, in diesem trostlosen Hotel absteigen zu müssen, dessen Fenster auf eine enge, bis zum zweiten Stock herauf feuchte Gasse hinausgingen. In Chur hatte ich niemals geschlafen, dachte ich, war ich immer nur voller Verzweiflung wachgelegen. Chur ist tatsächlich der trübsinnigste Ort, den ich jemals gesehen habe, nicht einmal Salzburg ist so trübsinnig und letztenendes krankmachend wie Chur. Und die Churer sind dementsprechend. In Chur kann ein Mensch, auch wenn er nur eine einzige Nacht bleibt, für sein Leben ruiniert werden.

D wie: *deutsche Wörter und deutsches Denken*
Die deutschen Wörter hängen wie Bleigewichte an der deutschen Sprache, sagte ich zu Gambetti, und drücken in jedem Fall den Geist auf eine diesem Geist schädliche Ebene. Das deutsche Denken wie das deutsche Sprechen erlahmen sehr schnell unter der menschenunwürdigen Last seiner Sprache, die alles Gedachte, noch bevor es überhaupt ausgesprochen wird, unterdrückt; unter der deutschen Sprache habe sich das deutsche Denken nur schwer entwickeln und niemals zur Gänze entfalten können im Gegensatz zum romanischen Denken unter den romanischen Sprachen, wie die Geschichte der jahrhundertelangen Bemühungen der Deutschen beweise. Obwohl ich das Spanische, wahrscheinlich, weil es mir vertrauter ist, höher schätze, gab mir doch Gambetti an diesem Vormittag wieder eine wertvolle Lektion der Mühelosigkeit und Leichtigkeit und Unendlichkeit des Italienischen, das zum Deut-

schen in demselben Verhältnis stehe, wie ein völlig frei aufgewachsenes Kind aus wohlhabendem und glücklichem Hause zu einem unterdrückten, geschlagenen und dadurch verschlagenen aus dem armen und ärmsten. Um wie vieles höher also, sagte ich zu Gambetti, seien die Leistungen unserer Philosophen und Schriftsteller einzuschätzen. Jedes Wort, sagte ich, zieht unweigerlich ihr Denken herunter, jeder Satz drückt, gleich was sie sich zu denken getraut haben, zu Boden und drückt dadurch immer alles zu Boden.

F wie: *Fotografie*

Die Fotografie zeigt nur den grotesken und den komischen Augenblick, dachte ich, sie zeigt nicht den Menschen, wie er alles in allem zeitlebens gewesen ist, die Fotografie ist eine heimtückische perverse Fälschung, jede Fotografie, gleich von wem sie fotografiert ist, gleich, wen sie darstellt, sie ist eine absolute Verletzung der Menschenwürde, eine ungeheuerliche Naturverfälschung, eine gemeine Unmenschlichkeit.

F wie: *Frauen*

Die Frauen haben keinen Kunstbegriff
den Frauen fehlt
gänzlich alles Philosophische
das ist es
philosophisches Gehirn fehlt
Bemühungen in diese Richtung ja
aber vergeblich
nicht ernst zu nehmen
Man sagt die Frauen seien
heute im Vormarsch
ja in die Katastrophe hinein
Bald kommt der weibliche Offenbarungseid
denke ich
Gefühlswelt
auch nichts als Lüge

G wie: *Goethe*

Von Spadolini war ich dann merkwürdigerweise auf Goethe gekommen: auf den Großbürger Goethe, den sich die Deutschen zum Dichterfürsten zugeschnitten und zugeschneidert haben, habe ich das letzte Mal zu Gambetti gesagt, auf den Biedermann Goethe, den Insekten- und Aphorismensammler mit seinem philosophischen Vogerlsalat, so ich zu Gambetti, der natürlich das Wort Vogerlsalat nicht verstand, so hatte ich es ihm erklärt. Auf Goethe, den philosophischen Kleinbürger, auf Goethe, den Lebensopportunisten, von welchem Maria immer gesagt hat, daß er die Welt nicht auf den Kopf gestellt, sondern den Kopf in den deutschen Schrebergarten gesteckt hat. Auf Goethe, den Gesteinsnummerierer, den Sterndeuter, den philosophischen Daumenlutscher der Deutschen, der ihre Seelenmarmelade abgefüllt hat in ihre Haushaltsgläser für alle Fälle und alle Zwecke. Auf Goethe, der den Deutschen die Binsenwahrheiten gebündelt und als allerhöchstes Geistesgut durch Cotta hat verkaufen und durch die Oberlehrer in ihre Ohren hat schmieren lassen, bis zur endgültigen Verstopfung. Auf Goethe, der den deutschen Geist mehr oder weniger für Jahrhunderte verraten und auf das Mittelmaß der Deutschen gestutzt hat mit jener Emsigkeit, die ich Gambetti gegenüber als die goethische Emsigkeit bezeichnet habe. Auf Goethe, den philosophischen Rattenfänger, wie ich zu Gambetti das letzte Mal gesagt habe. Goethe sei der Gebrauchsdeutsche, habe ich zu Gambetti gesagt, sie, die Deutschen, nehmen Goethe ein wie eine Medizin und glauben an ihre Wirkung, an ihre Heilkraft; Goethe ist im Grunde nichts anderes, als der Heilpraktiker der Deutschen, hatte ich zu Gambetti gesagt, der erste deutsche Geisteshomöopath. Sie nehmen sozusagen Goethe ein und sind gesund. Das ganze deutsche Volk nimmt Goethe ein und fühlt sich gesund. Aber Goethe, habe ich zu Gambetti gesagt, ist ein Scharlatan, wie die Heilpraktiker Scharlatane sind und die Goethesche Dichtung und Philosophie ist die größte Scharlatanerie der Deutschen. Seien Sie vorsichtig, Gambetti, habe ich zu diesem gesagt, seien Sie vor Goethe auf der Hut. Allen verdirbt er den Magen, sagte ich, nur den Deutschen nicht, sie glauben an Goethe wie an ein Weltwunder. Dabei ist dieses Weltwunder nur ein philiströser philosophischer Schrebergärtner. Gambetti hatte laut aufgelacht, als ich ihm erklärte, was ein Schrebergarten ist. Das hatte er nicht gewußt. Insgesamt, habe ich zu Gambetti gesagt, ist das Goethesche Werk ein philiströser philosophischer Schrebergarten. In nichts hat Goethe das Höchste geleistet, sagte ich, in allem nur das Mittelmaß zustande gebracht. Er ist nicht der größte Lyriker, er ist nicht der größte Prosaschreiber, habe ich zu Gambetti gesagt, und seine Theaterstücke sind gegen die Stücke Shakespeares beispielsweise so gegeneinander zu stellen, wie ein hochgewachsener Schweizer Sennenhund gegen einen verkümmerten Frankfurter Vorstadtdackel. Faust, hatte ich zu Gambetti gesagt, was für ein Größenwahnsinn! Der total mißglückte Versuch eines schreibenden Größenwahnsinnigen, hatte ich zu Gambetti gesagt, dem die ganze Welt in seinen Frankfurter Kopf gestiegen ist. Goethe, der größenwahnsinnige Frankfurter und Weimarianer, der größenwahnsinnige Großbürger auf dem Frauenplan. Goethe, der Kopfverdreher der Deutschen, der sie jetzt schon hundertfünfzig Jahre auf dem Gewissen hat und zum Narren hält. Goethe ist der Totengräber des deutschen Geistes, habe ich zu Gambetti gesagt. Wenn wir ihm Voltaire, Descartes, Pascal entgegensetzen zum Beispiel, habe ich zu Gambetti gesagt, Kant, aber natürlich auch Shakespeare, ist Goethe erschreckend klein. Dichterfürst, was für ein lächerlicher, dazu aber grunddeutscher Begriff, hatte ich zu Gambetti gesagt. Hölderlin ist der große Lyriker, hatte ich zu Gambetti gesagt, Musil ist der große Prosaschreiber und Kleist ist der große Dramatiker, Goethe ist es dreimal nicht.

H wie: *Heidegger*

Heidegger, dem die Kriegs- und Nachkriegsgenerationen nachgelaufen sind und den sie mit widerwärtigen und stupiden Doktorarbeiten überhäuft haben schon zu Lebzeiten, sehe ich immer auf seiner Schwarzwaldhausbank sitzen neben seiner Frau, die ihm in ihrem perversen Strickenthusiasmus ununterbrochen Winterstrümpfe strickt mit der von ihr selbst von den eigenen Heideggerschafen heruntergeschorenen Wolle. Heidegger kann ich nicht anders sehen, als auf der Hausbank seines Schwarzwaldhauses, neben sich seine Frau, die ihn zeitlebens total beherrscht und die ihm alle Strümpfe gestrickt und alle Hauben gehäkelt hat und die ihm das Brot gebacken und das Bettzeug gewebt und die ihm selbst seine Sandalen geschustert hat. Heidegger war ein Kitschkopf, sagte Reger, genauso wie Stifter, aber doch noch viel lächerlicher als Stifter, der ja tatsächlich eine tragische Erscheinung gewesen ist zum Unterschied von Heidegger, der immer nur komisch gewesen ist, ebenso kleinbürgerlich wie Stifter, ebenso verheerend größenwahnsinnig, ein Voralpenschwachdenker, wie ich glaube, gerade recht für den deutschen Philosophieeintopf. Den Heidegger haben sie alle mit Heißhunger ausgelöffelt jahrzehntelang, wie keinen anderen und sich den deutschen Germanisten- und Philosophenmagen damit vollgeschlagen. Heidegger hatte ein gewöhnliches, kein Geistesgesicht, sagte Reger, war durch und durch ein ungeistiger Mensch, bar jeder Phantasie, bar jeder Sensibilität, ein Urdeutscher Philosophiewiederkäuer, eine unablässig trächtige Philosophiekuh, sagte Reger, die auf der deutschen Philosophie geweidet und darauf jahrzehntelang ihre koketten Fladen fallen gelassen hat im Schwarzwald. Heidegger war sozusagen ein philosophischer Heiratsschwindler, sagte Reger, dem es gelungen ist, eine ganze Generation von deutschen Geisteswissenschaftlern auf den Kopf zu stellen. Heidegger ist eine abstoßende Episode der deutschen Philosophiegeschichte, sagte Reger gestern, an der alle Wissenschaftsdeutschen beteiligt waren und noch beteiligt sind. Heute ist Heidegger noch immer nicht ganz durchschaut, die Heideggerkuh ist zwar abgemagert, die Heideggermilch wird aber noch immer gemolken. Heidegger in seiner verfilzten Pumphose vor dem verlogenen Blockhaus in Todtnauberg ist mir ja nurmehr noch als Entlarvungsfoto übriggeblieben, der Denkspießer mit der schwarzen Schwarzwaldhaube auf dem Kopf, in welchem ja doch nur immer wieder der deutsche Schwachsinn aufgekocht worden ist, so Reger. Wenn wir alt sind, haben wir ja schon sehr viele mörderische Moden mitgemacht, alle diese mörderischen Kunstmoden und Philosophiemoden und Gebrauchsartikelmoden. Heidegger ist ein gutes Beispiel dafür, wie von einer Philosophiemode, die einmal ganz Deutschland erfaßt gehabt hat, nichts übrigbleibt, als eine Anzahl lächerlicher Fotos und eine Anzahl noch viel lächerlicherer Schriften. Heidegger war ein philosophischer Marktschreier, der nur Gestohlenes auf den Markt getragen hat, alles von Heidegger ist aus zweiter Hand, er war und ist der Prototyp des Nachdenkers, dem zum Selbstdenken alles, aber auch wirklich alles gefehlt hat. Heideggers Methode bestand darin, fremde große Gedanken mit der größten Skrupellosigkeit zu eigenen kleinen Gedanken zu machen, so ist es doch. Heidegger hat alles Große so verkleinert, daß es deutschmöglich geworden ist, verstehen Sie, deutschmöglich, sagte Reger. Heidegger ist der Kleinbürger der deutschen Philosophie, der der deutschen Philosophie seine kitschige Schlafhaube aufgesetzt hat, die kitschige schwarze Schlafhaube, die Heidegger ja immer getragen hat, bei jeder Gelegenheit. Heidegger ist der Pantoffel- und Schlafhaubenphilosoph der Deutschen, nichts weiter. Ich weiß nicht, sagte Reger gestern, immer wenn ich an Stifter denke, denke ich auch an Heidegger und umgekehrt. Es ist doch kein Zufall, sagte Reger, daß Heidegger ebenso wie Stifter vor allem immer bei den verkrampften Weibern beliebt gewesen ist und noch heute beliebt ist, wie die betulichen Nonnen und die betulichen Krankenschwestern den Stifter sozusagen als Lieblingsspeise essen, essen sie auch den Heidegger. Heidegger ist noch heute der Lieblingsphilosoph der deutschen Frauenwelt. Der Frauenphilosoph ist Heidegger, der für den deutschen Philosophieappetit besonders gut geeignete Mittagstischphilosoph direkt aus der Gelehrtenpfanne. Wenn Sie in eine kleinbürgerliche oder aber auch in eine aristokratisch-kleinbürgerliche Gesellschaft kommen, wird Ihnen sehr oft schon vor der Vorspeise Heidegger serviert, Sie haben Ihren Mantel noch nicht ausgezogen, wird Ihnen schon ein Stück Heidegger angeboten, Sie haben sich noch nicht hingesetzt, hat die Hausfrau Ihnen schon sozusagen mit dem Sherry Heidegger auf dem Silbertablett hereingebracht. Heidegger ist eine immer gut zubereitete deutsche Philosophie, die überall und jederzeit serviert werden kann, sagte Reger, in jedem Haushalt. Ich kenne keinen degradierteren Philosophen heute, sagte Reger. Für die Philosophie ist Heidegger ja auch erledigt, wo er noch vor zehn Jahren der große Denker gewesen ist, spukt er jetzt nurmehr noch sozusagen in den Pseudointellektuellen Haushalten und auf den Pseudointellektuellen Gesellschaften herum und gibt ihnen zu ihrer ganzen natürlichen Verlogenheit, noch eine künstliche. Wie Stifter, ist auch Heidegger ein geschmackloser, aber ohne Schwierigkeiten verdaulicher Lesepudding für die deutsche Durchschnittsseele. Mit Geist hat Heidegger ebenso wenig zu tun, wie Stifter mit Dichtung, glauben Sie mir, diese beiden sind, was Philosophie und was Dichtung betrifft, soviel wie nichts wert, wobei ich aber doch Stifter höher einschätze als Heidegger, der mich ja immer abgestoßen hat, denn alles an Heidegger ist mir immer widerwärtig gewesen, nicht nur die Schlafhaube auf dem Kopf und die selbstgewebte Winterunterhose über seinem von ihm selbst eingeheizten Ofen in Todtnauberg, nicht nur sein selbstgeschnitzter Schwarzwaldstock, eben seine selbstgeschnitzte Schwarzwaldphilosophie, alles an diesem tragikomischen Mann war mir immer widerwärtig gewesen, stieß mich immer zutiefst ab, wenn ich nur daran dachte; ich brauchte nur eine Zeile von Heidegger zu kennen, um abgestoßen zu sein und erst beim Heideggerlesen, sagte Reger; Heidegger habe ich immer als Scharlatan empfunden, der alles um sich herum nur ausgenützt und sich in diesem seinem Ausnützen auf seiner Todtnaubergbank gesonnt hat. Wenn ich denke, daß selbst übergescheite Leute auf Heidegger hereingefallen sind und daß selbst eine meiner besten Freundinnen eine Dissertation über Heidegger gemacht hat, und diese Dissertation auch noch im Ernst gemacht hat, wird mir heute noch übel, sagte Reger. Dieses nichts ist ohne Grund, ist das Lächerlichste, so Reger. Aber den Deutschen imponiert das Gehabe, sagte Reger, ein Gehabeinteresse haben die Deutschen, das ist eine ihrer hervorstechendsten Eigenschaften. Und was die Österreicher betrifft, so sind sie in allen diesen Punkten noch viel schlimmer. Ich habe eine Reihe von Fotografien gesehen, die eine zuhöchst talentierte Fotografin von Heidegger, der immer ausgesehen hat wie ein pensionierter feister Stabsoffizier, gemacht hat, sagte Reger, und die ich Ihnen einmal zeigen werde; auf diesen Fotografien steigt Heidegger aus seinem Bett, steigt Heidegger in sein Bett wieder hinein, schläft Heidegger, wacht er auf, zieht er seine Unterhose an, schlüpft er in seine Strümpfe, macht er einen Schluck Most, tritt er aus seinem Blockhaus hinaus und schaut auf den Horizont, schnitzt er seinen Stock, setzt er seine Haube auf, nimmt er seine Haube vom Kopf, hält er seine Haube in den Händen, spreizt er die Beine, hebt er den Kopf, senkt er den Kopf, legt er seine rechte Hand in die linke seiner Frau, legt seine Frau ihre linke Hand in seine rechte, geht er vor dem Haus, geht er hinter dem Haus, geht er auf sein Haus zu, geht er von seinem Haus weg, liest er, ißt er, löffelt er Suppe, schneidet er sich ein Stück (selbstgebackenes) Brot ab, schlägt er ein (selbstgeschriebenes) Buch auf, macht er ein (selbstgeschriebenes) Buch zu, bückt er sich, streckt er sich und so weiter, sagte Reger. Es ist zum Kotzen. Sind die Wagnerianer schon nicht zum Aushalten, erst die Heideggerianer, sagte Reger. Aber natürlich ist Heidegger nicht mit Wagner zu vergleichen, der ja tatsächlich ein Genie gewesen ist, auf den der Begriff Genie tatsächlich zutrifft wie auf keinen andern, während Heidegger doch nur ein kleiner philosophischer Hintermann gewesen ist. Heidegger war, das ist klar, der verhätscheltste deutsche Philosoph in diesem Jahrhundert, gleichzeitig ihr unbedeutendster. Zu Heidegger pilgerten vor allem jene, die die Philosophie mit der Kochkunst verwechseln, die die Philosophie für ein Gebratenes und Gebackenes und Gekochtes halten, was ganz und gar dem deutschen Geschmack entspricht. Heidegger hielt in Todtnauberg Hof und ließ sich auf seinem philosophischen Schwarzwaldpodest jederzeit wie eine heilige Kuh bestaunen. Selbst ein berühmter und gefürchteter norddeutscher Zeitschriftenherausgeber kniete andachtsvoll vor ihm mit offenem Mund, als erwartete er in der untergehenden Sonne von dem auf seiner Hausbank sitzenden Heidegger sozusagen die Geisteshostie. Alle diese Leute pilgerten nach Todtnauberg zu Heidegger und machten sich lächerlich, sagte Reger. Sie pilgerten sozusagen in den philosophischen Schwarzwald und auf den heiligen Heideggerberg und knieten sich vor ihr Idol. Daß ihr Idol eine totale Geistesniete war, konnten sie in ihrem Stumpfsinn nicht wissen. Sie ahnten es nicht einmal, sagte Reger. Die Heideggerepisode ist aber doch als Beispiel für den Philosophenkult der Deutschen aufschlußreich. Sie klammern sich immer nur an die falschen, sagte Reger, an die ihnen entsprechenden, an die stupiden und dubiosen.

H wie: *Hunde*

Die Leute haben einen Hund und sind von diesem Hund beherrscht und selbst Schopenhauer ist letztenendes nicht von seinem Kopf, sondern in Wahrheit von seinem Hund beherrscht gewesen. Diese Tatsache ist deprimierender als jede andere. Im Grunde bestimmte nicht der Kopf Schopenhauers dessen Denken, sondern der Hund Schopenhauers, nicht der Kopf hat Schopenhauers Welt gehaßt, sondern der Hund Schopenhauers. Ich muß nicht wahnsinnig sein, um zu behaupten, Schopenhauer habe einen Hund aufgehabt, keinen Kopf. Die Menschen lieben die Tiere, weil sie nicht einmal zur Selbstliebe fähig sind. Die in der Seele zutiefst Gemeinsten, halten sich Hunde und lassen sich von diesen Hunden tyrannisieren und schließlich kaputtmachen. Sie setzen den Hund an die erste und an die oberste Stelle ihrer letztenendes gemeingefährlichen Heuchelei. Lieber würden sie ihren Hund vor dem Fallbeil retten, als Voltaire. Die Masse ist für den Hund, weil sie in ihrem Innersten nicht einmal die Anstrengung auf sich nehmen will, mit sich allein zu sein, was tatsächlich Seelengröße voraussetzt, ich bin nicht die Masse, ich bin mein Leben lang gegen die Masse gewesen und ich bin nicht für den Hund. Die sogenannte Tierliebe hat schon soviel Unheil angerichtet, daß wir, wenn wir tatsächlich mit der größtmöglichen Intensität daran denken würden, augenblicklich ausgelöscht werden müßten vor Erschrecken. Es ist nicht so absurd, wie es zuerst erscheint, wenn ich sage, die Welt verdankt ihre fürchterlichsten Kriege der sogenannten Tierliebe ihrer Beherrscher. Das ist alles dokumentiert und man solle sich diese Tatsache einmal klarmachen. Diese Leute, Politiker, Diktatoren, sind von einem Hund beherrscht und stürzen dadurch Millionen Menschen ins Unglück und ins Verderben, sie lieben einen Hund und zetteln einen Weltkrieg an, in welchem Millionen getötet werden wegen dieses einen Hundes. Man denke nur einmal nach, wie die Welt aussehen würde, wenn man diese sogenannte Tierliebe einmal wenigstens um ein paar lächerliche Prozente einschränken würde zugunsten der Menschenliebe, die naturgemäß auch nur eine sogenannte ist. Die Frage kann gar nicht sein, halte ich mir einen Hund oder halte ich mir keinen Hund, ich bin von meinem Kopf aus gar nicht imstande, mir einen Hund zu halten, der außerdem, wie ich weiß, auf intensivere Weise gepflegt und beachtet werden muß, wie jeder Mensch, mehr gepflegt werden und beachtet werden muß, als ich selbst fordere, aber die Menschheit findet gar nichts dabei, daß sie, alle Erdteile eingeschlossen, die Hunde besser pflegt und viel mehr beachtet, als ihre Mitmenschen, ja sie in allen diesen Milliarden von Hundefällen besser pflegt und mehr beachtet, als sich selbst. Ich erlaube mir, eine solche Welt tatsächlich als eine perverse und in höchstem Grade unmenschliche und total verrückte zu bezeichnen. Bin ich da, ist der Hund auch da, bin ich dort, ist der Hund auch dort. Muß der Hund hinaus, muß ich mit dem Hund hinaus etcetera. Ich dulde die Hundekomödie, die wir tagtäglich, wenn wir die Augen aufmachen und uns noch nicht mit der tagtäglichen Blindheit daran gewöhnt haben, sehen, nicht. In dieser Hundekomödie tritt ein Hund auf, der einen Menschen sekkiert, ausnützt und ihm im Verlaufe mehrerer oder weniger Akte, seine harmlose Menschlichkeit austreibt. Der höchste und der teuerste und tatsachlich kostbarste Grabstein, der jemals in der Geschichte errichtet worden ist, soll einem Hund errichtet worden sein. Nein, nicht in Amerika, wie man annehmen muß, in London. Diese Tatsache sich wieder klar zu machen, genügt, um den Menschen in dem richtigen Hundelicht zu zeigen. Die Frage ist auf dieser Welt ja schon lang nicht, wie menschlich einer ist, sondern wie hündisch, nur wird bis heute da, wo im Grunde, wenn der Wahrheit die Ehre gegeben werden soll, wo eigentlich gesagt werden müßte, wie hündisch ist der Mensch, gesagt, wie menschlich ist er.

I wie: *Industrie*

Die Industrie erzeugt alles viel zu klein heute, sage ich zum Fuhrmann, sie macht alles zu kurz und zu eng, und die Qualität ist die schlechteste. Im Grunde laufen die Leute mit Kleidern herum, die ein Betrug sind, weil sie zu kurz sind, zu eng sind, zu schlecht sind. Die Leute haben aber auch längst kein Gefühl mehr für Qualität. Für Haltbarkeit. Für Erstklassigkeit. Schon in kurzer Zeit zerfällt alles, was man anrührt. Aber die Industrie hat nichts anderes im Kopf, als Erzeugnisse auf den Markt zu werfen, die in kurzer Zeit wertlos sind. Man schlüpft in ein Hemd hinein, sage ich, und es zerreißt, in die Hose, und sie zerreißt, man setzt den Hut auf, und er zerreißt. Man kann anziehen, was man will, es zerreißt in kürzester Zeit, wäscht man es, geht es ein usf. Zieht man an neuen Schuhbändern, zerreißen sie, klappt man die Schnallen zu, zerbröckeln sie, bückt man sich im neuen Mantel, zerreißt er, alles zerreißt und zerbricht und zerbröckelt, das ist der Fortschritt. Denken Sie nur an die Türklinken, sage ich zum Fuhrmann, die man heute zu kaufen bekommt, man macht eine Tür auf, und man hat die Klinke in der Hand, und alles ist peinlich usf. Man dreht am Fenstergriff, und das Fenster fällt einem auf den Kopf, man hebt einen Kübel voll Wasser auf, und man hat nur noch den Henkel in der Hand.

J wie: *Junge Leute*

Mit jungen Leuten reden, führt zu nichts, dachte ich, wer das Gegenteil behauptet, ist ein Heuchler, denn die jungen Leute sagen den Älteren und Alten nichts, das ist die Wahrheit; es ist absolut uninteressant, was junge Leute alten Leuten sagen, absolut, dachte ich, und es ist die größte Heuchelei, das Gegenteil zu behaupten. Es ist immer modern gewesen, zu sagen, die Alten sollen mit den Jungen reden, weil die Jungen den Alten sehr viel zu sagen hätten, aber das Gegenteil ist der Fall: die Jungen haben den Alten überhaupt nichts zu sagen. Selbstverständlich hätten die Alten den Jungen etwas zu sagen, aber die Jungen verstehen ja nicht, was die Alten zu ihnen sagen, weil sie es gar nicht verstehen können und deshalb auch gar nicht verstehen wollen.

K wie: *Kinder*
Tatsächlich fragen sich diese Leute nichts, wenn sie ein Kind machen, obwohl sie doch wissen, daß ein Kind machen und vor allem ein eigenes Kind machen, heißt, ein Unglück machen, und also ein Kind machen und also ein eigenes Kind machen, nichts anderes als Infamie ist. Und ist das Kind gemacht, sagt Oehler, lassen die, die es gemacht haben, sich das von ihnen aus freien Stücken gemachte Kind vom Staat bezahlen. Für diese Millionen und Abermillionen von ganz aus freien Stücken gemachten Kindern muß der Staat aufkommen, für die, wie wir wissen, vollkommen überflüssigen Kinder, die nichts anderes gebracht haben, als neues, millionenfaches Unglück. Die Geschichtshysterie, sagt Oehler, übersieht aber den Umstand, daß es sich bei allen gemachten Kindern um gemachtes Unglück und um gemachte Überflüssigkeit handelt. Diesen Vorwurf kann man den Kindermachern nicht ersparen,

daß sie ihre Kinder völlig kopflos und in der gemeinsten und niedrigsten Weise gemacht haben, obwohl sie, wie wir wissen, nicht kopflos sind. Keine größere Katastrophe, sagt Oehler, als alle diese kopflos gemachten Kinder, die der mit diesen Kindern betrogene Staat bezahlen muß. Wer ein Kind macht, sagt Oehler, gehört mit der Höchststrafe bestraft und nicht unterstützt. Nichts anderes, als dieser vollkommen falsche, sogenannte soziale Unterstützungsenthusiasmus des Staates, der, wie wir wissen, überhaupt nicht sozial ist und vom dem gesagt werden muß, daß er nichts anderes als der unappetitlichste Anachronismus ist, der existiert, ist schuld daran, daß das Verbrechen, ein Kind zu machen und ein Kind in die Welt zu setzen, welches ich als das größte Verbrechen überhaupt bezeichne, sagt Oehler, daß dieses Verbrechen, sagt Oehler, nicht bestraft, sondern unterstützt wird. Der Staat hätte ja die Verantwortlichkeit, sagt Oehler jetzt, Leute, die Kinder machen, zu bestrafen, aber nein, er unterstützt dieses Verbrechen. Und daß alle Kinder, die gemacht werden, kopflos gemacht werden, sagt Oehler, ist eine Tatsache. Mit dem Kopf wird kein Kind gemacht, sagt Oehler, und was ohne Kopf gemacht wird und vor allem was kopflos gemacht wird, gehört bestraft. Aufgabe des Parlaments und der Parlamente wäre es, Gesetze gegen das kopflose Kindermachen zu beschließen und durchzusetzen und für kopfloses Kindermachen die Höchststrafe, und jeder hat seine eigene Höchststrafe, sagt Oehler, einzuführen und anzuwenden. Sehr rasch, sagt Oehler, würde sich nach Einführung eines solchen Gesetzes, die Welt zu ihrem Vorteil verändern. Ein Staat, der das Kindermachen unterstützt und nicht nur das kopflose Kindermachen, sagt Oehler, ist ein kopfloser Staat, jedenfalls kein fortschrittlicher, sagt Oehler. Der Staat, der das Machen von Kindern unterstützt, hat weder Erfahrung noch Erkenntnis. Ein solcher Staat ist verbrecherisch, weil er ganz bewußt blind ist, ein solcher Staat ist kein gegenwärtiger, sagt Oehler, aber wie wir wissen, ist der gegenwärtige oder sagen wir, der sogenannte gegenwärtige Staat gar nicht möglich und so kann auch dieser unser Staat gar kein Staat der Gegenwart sein. Wer ein Kind macht, sagt Oehler, weiß, er macht ein Unglück, er macht etwas, das unglücklich sein wird, weil es unglücklich sein muß, etwas durch die

Natur durch und durch Katastrophales, an welchem auch wieder nichts anderes, als nur durch die Natur durch und durch Katastrophales sein muß. Er macht ein unendliches Unglück, indem er nur ein Kind macht, sagt Oehler. Es ist ein Verbrechen. Wir dürfen niemals davon abgehen, daß wir sagen, wer ein Kind macht, macht er es kopflos oder nicht, sagt Oehler, begeht ein Verbrechen.

K wie: *Kirche, katholische*

Die katholische Kirche richtet in den jungen Köpfen soviel Unheil an, daß es beinahe unvorstellbar ist, sind die Eltern katholisch und folgen sie mehr oder weniger automatisch der katholischen Religion. Wir sind katholisch erzogen worden, hat geheißen, wir sind von Grund auf zerstört worden, Gambetti. Der Katholizismus ist der große Zerstörer der Kinderseele, der große Angsteinjager, der große Charaktervernichter des Kindes. Das ist die Wahrheit. Millionen und schließlich Milliarden verdanken der katholischen Kirche, daß sie von Grund auf zerstört und ruiniert worden sind für die Welt, daß aus ihrer

Natur eine Unnatur gemacht worden ist. Die katholische Kirche hat den zerstörten Menschen auf dem Gewissen, den chaotisierten, den letzten Endes durch und durch unglücklichen, das ist die Wahrheit, nicht das Gegenteil. Denn die katholische Kirche duldet nur den katholischen Menschen, keinen andern, das ist ihre Absicht und ihr fortwährendes Ziel. Die katholische Kirche macht aus Menschen Katholiken, stumpfsinnige Kreaturen, die das selbständige Denken vergessen und für die katholische Religion verraten haben. Das ist die Wahrheit, hatte ich auf dem Pincio zu Gambetti gesagt. Wenn wir auch in Betracht ziehen, daß die katholischen Bräuche uns als Kind immer entzückt haben, sie für uns am Anfang nichts anderes als ein Märchen gewesen sind auf dem Land, Gambetti, unser schönstes zweifellos, für die Erwachsenen ihr einziges Schauspiel, ihr größtes, lebenslängliches, so haben dieses Märchen und dieses Schauspiel doch alles Natürliche in den Menschen ruiniert, sie mit der Zeit zugrunde gerichtet. Die katholische Kirche hat mit diesem ihrem Märchen für Kinder und mit diesem ihrem Schauspiel für Erwachsene nichts als die totale Verführung der ihr Anheimgefallenen bezweckt, sie durch dieses Märchen und dieses Schauspiel gefügig gemacht, für sich als Menschen ausgelöscht, um aus ihnen willenlose und gedankenlose Katholiken zu machen, wie sie infam sagt, Gläubige, hatte ich zu Gambetti gesagt. Der katholische Glaube ist, wie jeder Glaube, eine Naturverfälschung, eine Krankheit, von welcher sich Millionen ganz bewußt befallen lassen, weil sie für sie die einzige Rettung ist, für den schwachen Menschen, den durch und durch unselbständigen, der keinen eigenen Kopf hat, der einen anderen, sozusagen höheren Kopf für sich denken lassen muß; die Katholiken lassen die katholische Kirche für sich denken und dadurch auch für sich handeln, weil es ihnen bequemer ist, weil es ihnen anders, wie sie glauben, nicht möglich ist. Und der katholische Kopf der katholischen Kirche denkt fürchterlich, hatte ich zu Gambetti gesagt.

L wie: *Die Lehre vom Menschen*

»Man sollte die Lehre von den Menschen und von den Unmenschen und von den Menschenansichten und von der großen Menschenverschweigung, die Lehre von den großen Gedächtnisprotokollen der Großexistenz, an Hand der Schlachthäuser anfangen! Man sollte die Schulpflichtigen nicht in warm geheizte Schulzimmer führen, sondern zuerst in die Schlachthäuser; ich verspreche mir für die Wissenschaft von der Welt und für die blutige Existenz der Welt nur etwas in den Schlachthäusern. Unsere Lehrer sollten in unseren Schlachthäusern unterrichten. Nicht aus Büchern sollten sie vorlesen, sondern Keulen schwingen, Hacken fallen lassen, mit Messern zuschneiden ... Der Leseunterricht hat an Hand der Gedärme vor sich zu gehen, nicht an Hand von nutzlosen Bücherzeilen ... Das Wort Nektar hat schon früh gegen das Wort Blut eingetauscht zu werden ... Sehen Sie«, sagte der Maler, »das Schlachthaus ist das einzige grundphilosophische Schulzimmer. Das Schlachthaus ist das Schulzimmer und der Hörsaal. Die einzige Weisheit ist Schlachthausweisheit! Die einzigen Schriften sind Schlachthausschriften! Die einzige Wahrheit ist Schlachthauswahrheit! A-Wahrheit, Wahrheit, Unwahrheit, alles zusammen das ungeheuere Schlachthausimmatrikulieren, das ich den Menschen, den neuen und den in Versuchung zu führenden Menschen aufoktroyieren will. Das Wissen der Welt ist kein Schlachthauswissen und ungründlich. Das Schlachthaus ermöglicht eine radikale Philosophie der Gründlichkeit.«

L wie: *Lehrer*

Die Lehrer sind aber durch und durch kleinbürgerlich und gehen instinktiv gegen die Kunstfaszination und Kunstbegeisterung ihrer Schüler vor, indem sie die Kunst und überhaupt alles Künstlerische auf ihren eigenen deprimierenden stupiden Dilettantismus herunterdrücken und in den Schulen die Kunst und das Künstlerische überhaupt zu ihrem ekelhaften Flöten- und genauso ekelhaften wie stümperhaften Chorgesang machen, was die Schüler abstoßen muß. So versperren die Lehrer schon von Anfang an ihren Schülern die Zugänge zur Kunst. Die Lehrer wissen nicht, was Kunst ist, also können sie es auch ihren Schülern nicht sagen und ihnen nicht beibringen, was Kunst ist und sie führen sie nicht auf die Kunst zu, sondern drängen sie von der Kunst ab in ihr widerliches, sentimentales gesangliches und instrumentales Kunstgewerbe, das ihre Schüler abstoßen muß. Es gibt keinen billigeren Kunstgeschmack, als den der Lehrer. Die Lehrer verderben schon in der Volksschule den Kunstgeschmack der Schüler, sie treiben ihren Schülern von Anfang an die Kunst aus, anstatt ihnen die Kunst und insbesondere die Musik aufzuklären und zu einer Lebensfreude zu machen. Aber die Lehrer sind ja nicht nur, was die Kunst betrifft, die Verhinderer und die Vernichter, die Lehrer sind alles in allem ja schon immer die Lebens- und Existenzverhinderer gewesen, anstatt die jungen Menschen das Leben zu lehren, ihnen das Leben aufzuschlüsseln, ihnen das Leben zu einem tatsächlich unerschöpflichen Reichtum ihrer eigenen Natur zu machen, töten sie es in ihnen ab, sie tun alles, um es in ihnen abzutöten. Die meisten unserer Lehrer sind armselige Kreaturen, deren Lebensaufgabe darin zu bestehen scheint, den jungen Menschen das Leben zu verrammeln und schließlich und endlich zu einer fürchterlichen Deprimation zu machen. In den Lehrerberuf drängen ja auch nur die sentimentalen und perversen Kleinköpfe aus dem unteren Mittelstand. Die Lehrer sind die

Handlanger des Staates und wo es sich wie bei diesem österreichischen Staat heute um einen geistig und moralisch total verkrüppelten handelt, um einen, der nichts als die Verrohung und Verrottung und das gemeingefährliche Chaos lehrt, sind naturgemäß auch die Lehrer geistig und moralisch verkrüppelt und verroht und verrottet und chaotisch.

L wie: *Der Leser*

»Ich habe niemals in meinem Leben ein einziges Buch ausgelesen, meine Art zu lesen ist die eines hochgradig talentierten Umblätterers, also eines Mannes, der lieber umblättert, als liest, der also Dutzende, unter Umständen Hunderte von Seiten umblättert, bevor er eine einzige liest; aber wenn der Mann eine Seite liest, so liest er sie so gründlich, wie keiner und mit der größten Leseleidenschaft, die sich denken läßt. Ich bin mehr Umblätterer als Leser, müssen Sie wissen, und ich liebe das Umblättern genauso wie das Lesen, ich habe in meinem Leben millionenmal mehr umgeblättert, als gelesen, aber am Umblättern immer wenigstens so viel Freude und tatsächliche

Geisteslust gehabt, wie am Lesen. Es ist doch besser, wir lesen alles in allem nur drei Seiten eines Vierhundertseitenbuches tausendmal gründlicher als der normale Leser, der alles, aber nicht eine einzige Seite gründlich liest, sagte er. Es ist besser, zwölf Zeilen eines Buches mit höchster Intensität zu lesen und also zur Gänze zu durchdringen, wie gesagt werden kann, als wir lesen das ganze Buch wie der normale Leser, der am Ende das von ihm gelesene Buch genauso wenig kennt, wie ein Flugreisender die Landschaft, die er überfliegt. Er nimmt ja nicht einmal die Konturen wahr. So lesen heute die Leute alle alles im Flug, sie lesen alles und kennen nichts. Ich betrete ein Buch und lasse mich darauf nieder, mit Haut und Haaren, müssen Sie denken, auf ein oder zwei Seiten einer philosophischen Arbeit, als wäre ich dabei, eine Landschaft zu betreten, eine Natur, ein Staatsgebilde, ein Erddetail, wenn Sie wollen, um ganz und nicht nur mit halber Kraft und mit halbem Herzen, in dieses Erddetail einzudringen, es zu erforschen und um dann, ist es erforscht mit aller mir zur Verfügung stehenden Gründlichkeit, auf das Ganze zu schließen. Wer alles liest, hat nichts begriffen, sagte er. Es ist nicht notwendig, den ganzen Goethe zu lesen, den ganzen Kant, auch nicht notwendig, den ganzen Schopenhauer; ein paar Seiten Werther, ein paar Seiten Wahlverwandtschaften und wir wissen am Ende mehr über die beiden Bücher, als wenn wir sie von Anfang zum Ende gelesen hätten, was uns in jedem Fall um das reinste Vergnügen bringt. Aber zu dieser drastischen Selbstbeschränkung gehört so viel Mut und so viel Geisteskraft, daß sie nur sehr selten aufgebracht werden kann und daß wir selbst sie nur selten aufbringen; der lesende Mensch ist wie der fleischfressende auf die widerwärtigste Weise gefräßig und verdirbt sich wie der fleischfressende den Magen und die gesamte Gesundheit, den Kopf und die ganze geistige Existenz. Selbst eine philosophische Abhandlung verstehen wir besser, wenn wir sie nicht zur Gänze auffressen in einem Zug, sondern uns nur ein Detail herauspicken, von welchem wir dann auf das Ganze kommen, wenn wir Glück haben.

L wie: *Literatur, deutsche*

Ganz Europa läßt sich seit einem Jahrhundert von den Leitzordnern unterdrücken und die Unterdrückung der Leitzordner verschärft sich, dachte ich. Bald wird ganz Europa von den Leitzordnern nicht nur beherrscht, sondern vernichtet sein. Das habe ich ja auch einmal Gambetti gesagt, daß vor allem die Deutschen sich von den Leitzordnern unterdrücken haben lassen. Selbst die Literatur der Deutschen ist eine von den Leitzordnern unterdrückte, habe ich zu Gambetti einmal gesagt. Jedes deutsche Buch, das wir aufmachen, und das in diesem Jahrhundert entstanden ist, habe ich zu Gambetti gesagt, ist ein solches von den Leitzordnern unterdrücktes. Eine von Leitzordnern unterdrückte und schon beinahe zur Gänze vernichtete Literatur schreiben die Deutschen, habe ich zu Gambetti gesagt. In Deutschland wird alles von den Leitzordnern dirigiert, habe ich zu Gambetti gesagt. Und diese heutige, von den Leitzordnern unterdrückte Literatur, ist naturgemäß dadurch die erbärmlichste, eine solche hilflose erbärmliche Literatur hat es niemals vorher gegeben, habe ich zu Gambetti gesagt. Es ist eine lächerliche Büroliteratur, die von Leitzordnern diktiert ist, so jedenfalls komme es mir jedesmal vor, wenn ich ein heute geschriebenes Buch lese. Alle diese Bücher seien von einer grenzenlosen Erbärmlichkeit, habe ich zu Gambetti gesagt, weil sie aus dem Kopf von Leuten kommen, die sich vollkommen von den Leitzordnern beherrschen lassen, lebenslänglich, Gambetti, habe ich gesagt. Eine kleinbürgerliche Beamtenliteratur haben wir vor uns, wenn wir die deutsche Literatur vor uns haben, auch die großen Beispiele dieser deutschen Literatur sind nichts anderes, Gambetti, Thomas Mann, ja selbst Musil, sagte ich, den ich von allen diesen Beamtenliteraturerzeugern noch an die erste Stelle setze. Aber auch Musil hat nichts anderes geschrieben, als eine erbärmliche Beamtenliteratur. Diese Literatur ist durch und durch bürgerlich, zum Großteil kleinbürgerlich, sagte ich zu Gambetti auf dem Pincio, auch die Thomas Manns, auch die Musils, die sich ja vollkommen von den Leitzordnern in jeder von ihnen geschriebenen Zeile haben beherrschen lassen. Wenn wir diese Literatur lesen, sehen wir, wie sie ein Beamter schreibt, ein einmal mehr, einmal weniger kleinbürgerlicher Beamter, dem im Grunde und letzten Endes doch nur die Leitzordner die Feder geführt haben. Der Großbürger Thomas Mann hat eine durch und durch kleinbürgerliche Literatur geschrieben, habe ich zu Gambetti gesagt, die absolut auch für den Kleinbürger bestimmt und geschrieben ist, die Kleinbürger fressen diese Literatur in sich hinein mit Genuß, Gambetti, habe ich zu ihm gesagt. Seit mindestens hundert Jahren gibt es nurmehr noch eine von mir sogenannte Büroliteratur, eine kleinbürgerliche Beamtendichtung, habe ich zu Gambetti gesagt. Und ihre Meister sind Musil und Thomas Mann gewesen, von den andern ganz zu schweigen. Wenn wir Kafka außer acht lassen, habe ich zu Gambetti gesagt, der tatsächlich Angestellter gewesen ist, aber als einziger keine Beamten- und Angestelltenliteratur geschrieben hat, alle andern haben nichts anderes geschrieben, weil sie zu etwas anderem gar nicht befähigt gewesen sind. Der Angestellte Kafka, habe ich zu Gambetti gesagt, hat als einziger keine Beamten- und Angestelltenliteratur geschrieben, sondern eine große, was man von allen sogenannten großen deutschen Schriftstellern dieses Jahrhunderts nicht behaupten kann, wenn man sich nicht unter die Millionen von feuilletonistischen Schwätzern einreihen will, die aus den Zeitungen seit hundert Jahren eine feuilletonistische Armeleuteküche gemacht haben, in welcher sie ihre haarsträubenden Irrtümer immer wieder aufkochen bis zum Überdruß, Gambetti. Im Grunde genommen, habe ich zu Gambetti gesagt, haben die Deutschen in diesem Jahrhundert nur eine von Leitzordnern beherrschte Literatur produziert, die ich geradeheraus auch nur als eine Leitzordnerliteratur bezeichnen will, um mich nicht strafbar zu machen in einer Zeit, die diese Leitzordnerliteratur eines Tages als eine solche Leitzordnerliteratur durchschaut und dahinein kippt, wohinein sie gehört, in den Abfalleimer der Literaturgeschichte, Gambetti.

M wie: *Maler*

Aber was ist diese Kunst an diesen Wänden anderes, als Staatskunst, denke ich. Reger redet nur von Staatskunst, wenn er über die Kunst redet, und wenn er über die sogenannten Alten Meister redet, redet er immer nur über die alten Staatsmeister. Denn die an diesen Wänden hängende Kunst ist ja nichts anderes, als eine Staatskunst, wenigstens die hier in der Gemäldegalerie des Kunsthistorischen Museums hängende. Alle diese hier an den Wänden hängenden Bilder sind ja nichts anderes als Bilder von Staatskünstlern. Katholische Staatskunst gefällige, nichts anderes. Immer wieder nur ein Antlitz, wie Reger sagt, kein Gesicht. Immer wieder nur ein Haupt, kein Kopf. Alles in allem immer nur die Vorderseite ohne die Kehrseite, immer wieder doch nur die Lüge und die Verlogenheit ohne die Wirklichkeit und die Wahrheit. Alle diese Maler waren doch nichts als durch und durch verlogene Staatskünstler, die der Gefallsucht ihrer Auftraggeber entsprochen haben, da macht nicht einmal Rembrandt eine Ausnahme, sagt Reger. Sehen Sie sich den Velázquez an, nichts als Staatskunst, den Lotto, den Giotto, doch immer nur Staatskunst, wie dieser schreckliche Ur- und Vor-Nazi Dürer, der die Natur an die Leinwand gestellt und getötet hat, dieser schauerliche Dürer, wie Reger sehr oft sagt, weil er Dürer tatsächlich zutiefst haßt, diesen Nürnberger Ziselierkünstler. Als Staatsauftragskunst bezeichnet Reger die hier an den

Wänden hängenden Bilder, zu welcher selbst der Weißbärtige Mann zählt. Die sogenannten Alten Meister haben immer nur dem Staate gedient oder der Kirche gedient, was auf das gleiche hinausläuft, so Reger immer wieder, einem Kaiser oder einem Papst, einem Herzog oder einem Erzbischof. So wie der sogenannte freie Mensch eine Utopie ist, ist der sogenannte freie Künstler immer eine Utopie gewesen, ein Wahnsinn, so Reger oft. Die Künstler, die sogenannten großen Künstler, so Reger, denke ich, sind außerdem die skrupellosesten aller Menschen, sie sind noch viel skrupelloser als die Politiker. Die Künstler sind die Verlogensten, noch viel verlogener als die Politiker, also die Kunstkünstler sind noch viel verlogener als die Staatskünstler, höre ich jetzt wieder Reger. Diese Kunst wendet sich doch immer dem Allmächtigen und den Mächtigen zu und von der Welt ab, so Reger oft, das ist ihre Niedertracht. Armselig ist diese Kunst, weiter nichts, höre ich jetzt Reger gestern sagen, während ich ihn heute vom Sebastiano-Saal aus beobachte. Warum malen die Maler eigentlich, wo es doch die Natur gibt? fragte sich Reger gestern wieder einmal. Selbst das außerordentlichste

Kunstwerk ist doch nur eine armselige völlig sinn- und zwecklose Mühe, die Natur nachzumachen, ja nachzuäffen, sagte er. Was ist Rembrandts gemaltes Gesicht seiner Mutter, gegen das tatsächliche Gesicht meiner eigenen? fragte er wieder. Was sind die Donauauen, durch die ich gehen kann, während ich sie sehen kann, gegen die gemalten? sagte er. Es gibt nichts Widerlicheres für mich, sagte er gestern, als die gemalte Herrschaft. Herrschaftsmalerei, sonst nichts, sagte er. Festhalten, sagen die Leute, dokumentieren, aber es wird ja doch, wie wir wissen, nur Verlogenes, Unwahres, es wird nur die Unwahrheit und die Verlogenheit festgehalten und dokumentiert, die Nachwelt hat nur Unwahrheit und Verlogenheit an den Wänden hängen, nur Unwahrheit und Verlogenheit ist in den Büchern, die uns die sogenannten großen Schriftsteller hinterlassen haben, nur Unwahrheit und Verlogenheit in den Bildern, die an diesen Wänden hängen. Der da an der Wand hängt, ist ja niemals der, den der Maler gemalt hat, sagte Reger gestern. Der an der Wand hängt, ist nicht der, der gelebt hat, sagte er. Natürlich, sagte er, werden Sie sagen, es ist die Ansicht des Künstlers, der das Bild gemalt hat, das stimmt, wenngleich es eine verlogene Ansicht ist, es ist, wenigstens was die Bilder in diesem Museum betrifft, immer nur die katholische Staatsansicht des jeweiligen Künstlers, denn alles, das hier hängt, ist ja nichts anderes, als katholische Staatskunst und dadurch, wie ich sagen muß, eine gemeine Kunst, sie kann so großartig sein, wie sie will, es ist nur eine gemeine katholische Staatskunst. Die sogenannten Alten Meister sind, vor allem, wenn man mehrere nebeneinander betrachtet, also ihre Kunstwerke nebeneinander betrachtet, Verlogenheitsenthusiasten, die sich dem katholischen Staat und das heißt, dem katholischen Staatsgeschmack angebiedert und verkauft haben, so Reger. Insofern haben wir es nur mit einer durch und durch deprimierenden katholischen Kunstgeschichte zu tun, mit einer durch und durch deprimierenden katholischen Malereigeschichte, die ihr Thema immer im Himmel und in der Hölle, aber niemals auf der Erde gefunden und gehabt hat, sagte er. Die Maler haben nicht gemalt, was sie hätten malen müssen, sondern nur, was ihnen aufgetragen worden ist oder was sie zu Geld oder Berühmtheit befördert oder gebracht hat, sagte er. Die

Maler, alle diese Alten Meister, vor welchen es mich die meiste Zeit wie vor nichts ekelt und schon immer gegraust hat, sagte er, haben immer nur einem Herren gedient, niemals sich und also der Menschheit selber. Sie malten doch immer eine von ihnen von innen heraus geheuchelte Welt, für die sie sich Geld und Ruhm erhofften; alle haben sie nur in dieser Hinsicht gemalt, aus Geldsucht und aus Ruhmsucht, nicht, weil sie Maler hatten sein wollen, sondern nur, weil sie Ruhm haben wollten oder Geld oder Ruhm und Geld zusammen. In Europa haben sie immer nur einem katholischen Gott in die Hände und an den Kopf gemalt, sagte er, einem katholischen Gott und seinen katholischen Göttern. Jeder wenn auch noch so geniale Pinselstrich dieser sogenannten Alten Meister ist eine Lüge, sagte er. Weltausschmückungsmaler nannte er gestern die im Grunde tatsächlich von ihm Gehaßten, von welchen er gleichzeitig immer und zwar sein ganzes armseliges Leben lang fasziniert gewesen ist. Religionsverlogene Dekorationsgehilfen der europäischen katholischen Herrschaften, nichts anderes sind diese Alten Meister, das sehen Sie in jedem Tupfen, den diese Künstler ungeniert auf ihre Leinwände gedrückt haben, mein lieber Atzbacher, sagte er. Sie müssen natürlich sagen, daß es die größte Malkunst ist, sagte er gestern, aber vergessen Sie nicht dabei, auch zu erwähnen oder wenigstens zu denken, wenigstens für sich zu denken, daß es auch die infame Malkunst ist, das Infame dieser Kunst ist gleichzeitig das Religiöse, das ist das Widerwärtige daran. Wenn Sie sich, wie ich vorgestern, eine Stunde lang vor dem Mantegna aufstellen, haben Sie plötzlich Lust, diesen Mantegna von der Wand herunter zu reißen, denn Sie empfinden ihn auf einmal als eine ganz große gemalte Gemeinheit. Oder wenn Sie eine Zeitlang vor dem Biliverti oder vor dem Campagnola gestanden sind. Diese Leute malten doch nur um ihr Überleben und um Geld und um in den Himmel zu kommen und nicht in die Hölle, vor welcher sie sich ihr ganzes Leben lang wie vor nichts fürchteten, obwohl sie doch sehr gescheite Köpfe, aber doch sehr schwache Charaktere gewesen sind. Die Maler insgesamt haben keinen guten, sie haben sogar immer einen sehr schlechten Charakter, und deshalb im Grunde auch immer einen sehr schlechten Geschmack gehabt, sagte Reger gestern, nicht einen einzigen sogenannten großen Malkünstler oder sagen wir sogenannten Alten Meister finden Sie, der einen guten Charakter und einen guten Geschmack gehabt hatte, und ich verstehe unter einem guten Charakter ganz einfach einen unbestechlichen. Alle diese Künstler als Alte Meister waren bestechlich und dadurch ist mir ihre Kunst so widerwärtig, so Reger.

M wie: *Die Menschheit*

Für einen Verstandesmenschen wie für einen Gefühlsmenschen wie mich ist die Welt und ist die Menschheit bald nicht mehr auszuhalten, wissen Sie, Atzbacher. Ich finde in dieser Welt und unter diesen Menschen nichts mehr, das mir etwas wert ist, sagte er, in dieser Welt ist alles stumpfsinnig und in dieser Menschheit ist alles ebenso stumpfsinnig. Diese Welt und die Menschheit haben heute einen Grad von Stumpfsinnigkeit erreicht, den sich ein Mensch wie ich nicht mehr leisten kann, sagte er, eine solche Welt darf ein solcher Mensch nicht mehr mitleben, eine solche Menschheit darf ein solcher Mensch wie ich nicht mehr mitexistieren, sagte Reger. Alles in dieser

Welt und in dieser Menschheit ist bis auf die niedrigste Stufe herunter abgestumpft, sagte Reger, alles in dieser Welt und in dieser Menschheit hat einen Grad von Gemeingefährlichkeit und niedriger Brutalität erreicht, daß es mir ja schon beinahe unmöglich ist, wenigstens immer wieder nur einen einzigen Tag in dieser Welt und in dieser Menschheit weiter zu kommen. Einen solchen Grad von niedriger Stumpfsinnigkeit haben selbst die hellsichtigsten Denker der Geschichte nicht für möglich gehalten, sagte Reger, nicht Schopenhauer, nicht Nietzsche, von Montaigne ganz zu schweigen, sagte Reger, und was unsere hervorragenden Welt- und Menschheits-Dichter betrifft, so ist das, das sie der Welt und der Menschheit vorausgesagt und vorausgeschrieben haben an Scheußlichkeit und Niedergang, nichts gegen den jetzigen Zustand. Dostojewski selbst, einer unserer größten Hellseher, hat die Zukunft nur als eine lächerliche Idylle beschrieben, genauso wie Diderot nur eine lächerliche Zukunftsidylle beschrieben hat, die entsetzliche Hölle des Dostojewski ist so harmlos gegen die, in welcher wir uns heute befinden, daß es einem nurmehr noch eiskalt über den Rücken läuft, wenn wir daran denken, die Höllen, die Diderot vorausgesagt und vorausgeschrieben hat, ebenso. Der eine von seinem russischen und weltöstlichen Standpunkt aus hat diese absolute Hölle ebensowenig vorausgesehen und vorausgesagt und vorausgeschrieben, wie sein weltwestlicher Gegendenker und Gegenschreiber Diderot, sagte Reger. Die Welt und die Menschheit sind in einem Höllenzustand angelangt, in welchem die Welt und die Menschheit noch niemals in der Geschichte angelangt waren, das ist die Wahrheit, so Reger. Es ist ja geradezu idyllisch, was diese großen Denker und diese großen Schriftsteller alles vorausgeschrieben haben, sagte Reger, alle zusammen haben sie, obwohl sie der Meinung gewesen waren, die Hölle beschrieben zu haben, doch nur eine Idylle beschrieben, die gegen die Hölle, in welcher wir heute existieren, ja geradezu eine idyllische Idylle gewesen ist, so Reger. Alles Heutige ist voller Gemeinheit und voller Bosheit, Lüge und Verrat, sagte Reger, so unverschämt und perfide wie heute ist die Menschheit nie gewesen. Wir können anschauen, was wir wollen, wir können hingehen, wohin wir wollen, wir schauen nur in Bosheit und Niedertracht und in Verrat und Lüge und in Heuchelei und immer nur in nichts als in die absolute Niedrigkeit hinein, gleich was wir anschauen, gleich, wo wir hingehen, wir sind mit Bosheit und mit Lüge und Heuchelei konfrontiert. Was sehen wir anderes, als Lüge und Bosheit, als Heuchelei und Verrat, als die niedrigste Niedrigkeit, wenn wir hier auf die Straße gehen, *wenn wir uns wagen, auf die Straße zu gehen,* sagte Reger. Wir gehen auf die Straße und wir gehen in Niedrigkeit hinein, sagte er, in Niedrigkeit und in Schamlosigkeit, in Heuchelei und in Bosheit. Wir sagen, es gibt kein verlogeneres und kein verheuchelteres und kein boshafteres Land als dieses Land, aber wenn wir aus diesem Land hinausgehen oder auch nur hinausschauen, sehen wir, daß auch außerhalb unseres Landes nur Bosheit und Heuchelei und Lüge und Niedrigkeit den Ton angeben. Wir haben die widerwärtigste Regierung, die man sich nur vorstellen kann, die verheucheltste, die boshafteste, die gemeinste und gleichzeitig dümmste, sagen wir, und es stimmt natürlich, was wir denken und wir sagen das ja auch alle Augenblicke, sagte Reger, aber wenn wir aus diesem niedrigen verheuchelten und bösartigen und verlogenen und dummen Land hinausschauen, sehen wir, daß die anderen Länder genauso verlogen und verheuchelt und alles in allem genauso niedrig sind, sagte Reger.

M wie: *Musikindustrie*

In unserer Zeit ist die totale Musik ausgebrochen, überall zwischen Nordpol und Südpol müssen Sie sie hören, ob in der Stadt oder auf dem Land, auf dem Meer oder in der Wüste, so Reger. Die Menschen werden tagtäglich mit Musik vollgestopft schon so lange, daß sie längst jedes Gefühl für Musik verloren haben. Diese Fürchterlichkeit wirkt sich natürlich auch auf die Konzerte aus, die Sie heute hören, das Außerordentliche gibt es nicht mehr, denn die ganze Musik auf der ganzen Welt ist außerordentlich, und wo alles außerordentlich ist, gibt es naturgemäß nichts Außerordentliches mehr, da ist es direkt rührend, so Reger, wenn sich noch immer ein paar lächerliche Virtuosen die Mühe geben, außerordentlich zu sein, sie sind es nicht mehr, weil sie es nicht mehr sein können. Die Welt ist durch und durch von totaler Musik durchdrungen, sagte Reger, das ist das Unglück, an jeder Straßenecke hören Sie außerordentliche und perfekte Musik in einem Ausmaß, daß Sie sich eigentlich längst alle Gehörgänge zustopfen müßten, um nicht wahnsinnig zu werden. Die heutigen Menschen leiden, weil sie sonst nichts mehr haben, an einem krankhaften Musikkonsumatismus, so Reger, diesen Musikkonsumatismus wird die Industrie, die die heutigen Menschen lenkt, so weit treiben, bis sie alle Menschen zugrunde gerichtet hat; man redet heute so viel von Müll und von der Chemie, die alles zugrunde richteten, aber die Musik richtet noch mehr zugrunde als der Müll und die Chemie, die Musik ist es, die schließlich alles und jedes total zugrunde richten wird, das sage ich Ihnen. Zuerst werden von der Musikindustrie die Gehörgänge der Menschen zugrunde gerichtet und dann, als logische Folge, die Menschen selbst, das ist die Wahrheit, so Reger. Den von der Musikindustrie total vernichteten Menschen sehe ich schon, sagte Reger, diese Massen von Musikindustrieopfern, die die Erdteile schließlich mit ihrem musikalischen Leichengestank bevölkern, mein lieber Atzbacher, die Musikindustrie hat die Menschen einmal auf dem Gewissen, hat am Ende mit der größten Wahrscheinlichkeit die gesamte Menschheit auf dem Gewissen, nicht nur die Chemie und der Müll, das sage ich Ihnen. Die Musikindustrie ist der Menschenmörder, die Musikindustrie ist der eigentliche Massenmörder der Menschheit, die, wenn die Musikindustrie so weiter macht, wie bisher, schon in Jahrzehnten keine einzige Chance mehr hat, mein lieber Atzbacher, so Reger erregt. Einem Menschen mit einem empfindlichen Gehör ist es ja bald nicht mehr möglich, auf die Straße zu gehen; gehen Sie doch in ein Kaffeehaus, gehen Sie in ein Gasthaus, gehen Sie in ein Kaufhaus, überall müssen Sie, ob Sie wollen oder nicht, Musik hören und fahren Sie mit der Bahn und fliegen Sie mit dem Flugzeug, die Musik verfolgt Sie heute überall hin. Diese pausenlose Musik ist das Brutalste, das die derzeitige Menschheit zu ertragen und zu erdulden hat, so Reger. Von der Frühe bis in die Nacht hinein wird die Menschheit mit Mozart und Beethoven, mit Bach und Händel vollgestopft, sagte Reger, Sie können hingehen, wo Sie wollen, Sie entkommen dieser Tortur nicht.

O wie: *Die Österreicher*

Die Österreicher haben nicht den geringsten Geschmack, jedenfalls schon lange Zeit nicht mehr, wo man hinschaut, herrscht die allergrößte Geschmacklosigkeit. Und was für eine allgemeine Interesselosigkeit. Als ob der Mittelpunkt nur der Magen sei, sagte ich, und der Kopf völlig ausgeschaltet. Ein so dummes Volk, sagte ich, und ein so herrliches Land, dessen Schönheit andererseits unübertroffen ist. Eine Natur wie keine zweite und so an dieser Natur desinteressierte Menschen. Eine so hohe Kultur von alters her, sagte ich, und eine solche barbarische Kulturlosigkeit heute, eine verheerende Unkultur. Ganz zu schweigen von den deprimierenden politischen Verhältnissen. Was für scheußliche Kreaturen in diesem Österreich heute die Macht haben! Die Niedrigsten sitzen jetzt oben. Die Widerwärtigsten und die Gemeinsten haben alles in der Hand und sind drauf und daran, alles, das etwas ist, zu zerstören. Leidenschaftliche Zerstörer sind am Werk, rücksichtslose Ausbeuter, die sich den Mantel des Sozialismus umgehängt haben. Die Regierung betreibt eine ungeheuerliche Vernichtungsmaschine, in welcher tagtäglich alles vernichtet wird, das mir lieb ist. Unsere Städte sind nicht wiederzuerkennen, sagte ich, unsere Landschaft ist in großer Breite eine unansehnliche geworden. Die schönsten Gebiete sind der Geld- und Machtgier der neuen Barbaren zum Opfer gefallen, wo ein großer schöner Baum steht, wird er umgeschnitten, wo ein herrliches altes Gebäude steht, wird es niedergerissen, wo ein köstlicher Bach zu Tal rinnt, wird er ruiniert. Wie überhaupt alles Schöne mit Füßen getreten wird. Und alles im Namen des Sozialismus mit der widerwärtigsten Heuchelei, die man sich vorstellen kann. Alles, das auch nur im geringsten mit Kultur zu tun hat, wird beargwöhnt und so lange in Frage gestellt, bis es ausgelöscht ist. Die Auslöscher sind am Werk, die Umbringer. Wir haben es mit Auslöschern und mit Umbringern zu tun, an allen Ecken und Enden verrichten sie ihre mörderische Arbeit. Die Auslöscher und die Umbringer bringen die Städte um und löschen sie aus und bringen die Landschaft um und löschen sie aus. Sie sitzen auf ihren dicken Ärschen in den Tausenden und Hunderttausenden von Ämtern in allen Winkeln des Staates und haben nichts als die Auslöschung und das Umbringen im Kopf, sie denken nichts anderes, als wie sie alles zwischen dem Neusiedlersee und dem Bodensee gründlich auslöschen und umbringen können. Wien ist schon beinahe umgebracht, Salzburg, alle diese herrlichen Städte, sagte ich zu Gambetti, die Sie nicht kennen, aber die tatsächlich zu den schönsten der Welt zählen. Die Landschaft, die wir heute von Wien aus durch Österreich queren, sagte ich, ist auch schon beinahe völlig umgebracht und ausgelöscht, eine Scheußlichkeit wechselt mit der anderen ab, eine Häßlichkeit nach der andern drängt sich uns auf der Fahrt vor die Augen und es ist schon eine perverse Lüge, heute noch von Österreich als von einem schönen Land zu sprechen, es ist in Wahrheit längst nurmehr noch ein zerstörtes, ein mutwillig verheertes und verunstaltetes, ein perfiden Geschäften zum Opfer gefallenes, in welchem es tatsächlich schon das schwierigste ist, einen unversehrten Winkel zu finden. Es ist eine Lüge, zu sagen, dieses Land ist ein schönes Land, denn es ist in Wahrheit ein umgebrachtes.

P wie: *Philosophen*

Ich hatte die sogenannten philosphierenden Menschen immer geliebt, nicht die eigentlichen Philosophen, die mir in meinem Leben begegneten, und die alle mit den tatsächlichen Philosophen nichts zu tun hatten, von ihrer Schulmeisterphilosophie und also von ihrem Philosophengeschwätz war ich immer schon abgestoßen gewesen. Es ist heute keine Zeit der Philosophen, alle diese heute so Bezeichneten sind in Wahrheit nur fälschlich und vollkommen irreführend so bezeichnet und nichts anderes als ganz gemeine stumpfsinnige, antisensible Philosophiewiederkauer, die alle davon existieren, daß sie Hunderte und Tausende von abgestandenen Gedanken aus zweiter und dritter und vierter Hand veröffentlichen, in den Hörsälen und auf dem Büchermarkt. Es gibt keinen heutigen Philosophen.

P wie: *Politiker*

REGISSEUR

Die Politiker die den Staat beherrschen
sind ganz eigentlich die Totengräber des Staates

Die Abgeordneten bringen den Staat um
das ist die Wahrheit
Das Volk wählt alle vier Jahre
seine Totengräber ins Parlament
es wählt brav Dummköpfe als Totengräber ins Parlament
Die höchstbezahlten Totengräber
sitzen im Parlament
KAPELLMEISTER
Die Politiker sind von Natur aus
gegen die Künstler
eine lebenslängliche Feindschaft von innen heraus
müssen Sie wissen
Die Künstler durchschauen die Politiker
und durchschauen nichts als Dummköpfe
aufgeblähte Dummköpfe
VERLEGER
Aber die Politiker haben die Macht
REGISSEUR
Die Politiker haben die Macht
den Staat zu ruinieren
die Politiker ruinieren den Staat wer sonst
Jede dieser Kreaturen wird Politiker
um den Staat zu ruinieren

Das Parlament ist eine Mördergrube
eine Mördergrube
Wo ein Politiker auftritt
tritt ganz eigentlich ein Totengräber des Staates
auf
Was die Künstler und die Wissenschaftler
aufgebaut haben
ruinieren die Politiker
Die Künstler erschaffen an jedem Tag die Welt
und die Politiker ruinieren sie.

S wie: *Salzburg*

Glenn, Wertheimer und ich, die wir die ersten zwei Wochen getrennt gewohnt hatten, alle in völlig unzulänglichen Behausungen in der Altstadt, mieteten uns schließlich auf die Dauer unseres Horowitzkurses ein Haus in Leopoldskron, in welchem wir machen konnten, was wir wollten. In der Altstadt hatte alles lähmend auf uns gewirkt, die Luft war nicht einzuatmen, die Menschen waren nicht auszuhalten, die Mauerfeuchtigkeit hatte uns und unseren Instrumenten zugesetzt. Überhaupt hatten wir den Horowitzkurs nur deshalb fortsetzen können, weil wir aus der

Stadt ausgezogen sind, die im Grunde die kunst- und geistfeindlichste ist, die man sich denken kann, ein stumpfsinniges Provinznest mit dummen Menschen und kalten Mauern, in welchen mit der Zeit alles zum Stumpfsinn gemacht wird, ausnahmslos. Es ist unsere Rettung gewesen, unsere Habseligkeiten zu packen und nach Leopoldskron hinauszuziehen, das damals noch eine grüne Wiese war, auf welcher die Kühe weideten und Hunderttausende von Vögeln Heimat hatten. Die Stadt Salzburg selbst, die heute, bis in die kleinsten Winkel hinein frisch gestrichen, noch viel scheußlicher ist als damals vor achtundzwanzig Jahren, war und ist gegen alles in einem Menschen und vernichtet es mit der Zeit, das hatten wir sofort erkannt und waren aus ihr weg nach Leopoldskron. Die Salzburger waren immer fürchterlich wie ihr Klima und komme ich heute in diese Stadt, bestätigt sich nicht nur mein Urteil, es ist alles noch viel fürchterlicher. Aber gerade in dieser geist- und kunstfeindlichen Stadt bei Horowitz zu studieren, war sicher der größte Vorteil. Ist die Umgebung, in welcher wir studieren, uns feindlich gesinnt, so studieren wir besser, als in einer solchen uns freundlich gesinnten, der Studierende tut immer gut daran, einen Studienort zu wählen, der ihm feindlich gesinnt ist, keinen, der ihm freundlich gesinnt ist, denn der ihm freundlich gesinnte Ort nimmt ihm einen Großteil der Konzentration auf das Studium, der ihm feindlich gesinnte dagegen ermöglicht ihm ein hundertprozentiges Studium, weil er sich auf dieses Studium konzentrieren *muß*, um nicht zu verzweifeln, insofern ist Salzburg wahrscheinlich wie alle anderen sogenannten schönen Städte für ein Studium absolut zu empfehlen, allerdings nur für einen starken Charakter, ein schwacher geht unweigerlich in der kürzesten Zeit zugrunde. Drei Tage sei Glenn *in den Zauber* dieser Stadt vernarrt gewesen, dann habe er plötzlich gesehen, daß dieser Zauber, wie gesagt wird, ein fauler sei, daß diese Schönheit im Grunde abstoßend ist und die Menschen in dieser abstoßenden Schönheit gemein seien. Das Voralpenklima macht gemütskranke Menschen, die schon sehr früh dem Stumpfsinn anheim fallen und die *mit der Zeit bösartig* werden, sagte ich. Wer hier lebt, weiß das, wenn er ehrlich ist, wer hierher kommt, sieht es nach kurzer Zeit und er muß, bevor es für ihn zu spät ist, wieder weggehen, will er nicht werden, wie diese stumpfsinnigen Bewohner, wie diese gemütskranken Salzburger, die mit ihrem Stumpfsinn alles abtöten, das noch nicht so ist wie sie selbst. Zuerst habe er gedacht, wie schön es sei, hier aufzuwachsen, aber schon zwei, drei Tage nach seiner Ankunft erschien es ihm als ein Alptraum, hier hereingeboren zu werden und aufzuwachsen, erwachsen werden zu müssen. Dieses Klima und diese Mauern töten die Sensibilität ab, sagte er. Ich hatte nichts mehr hinzuzufügen.

Sch wie: *Schauspieler*

In gewisser Weise sind die Schauspieler
Dummköpfe
auch die größten
auch die berühmtesten
laufen ihrer Mittelmäßigkeit davon
und werden von der Mittelmäßigkeit eingeholt
ausnahmslos
Machen es sich zu leicht
B r i l l a n t sagen die Leute b r i l l a n t
aber es ist doch nur der Dilettantismus
In ihrer Nähe ist alles abgeschmackt

Vorgegebenes
Oberflächliches
selbst das Erhabenste fängt an zu stinken

Sch wie: *Schriftsteller*

Eine Art literarischer Realitätenvermittler, habe ich zu Gambetti gesagt, ich vermittle literarische Liegenschaften sozusagen. Und wenn sich heute auch jeder Postkartenschreiber einen Schriftsteller nennt, habe ich zu Gambetti gesagt, so bezeichne ich selbst mich auch nach den Hunderten von Schriften, die ich schon versucht und die ich schon verfaßt habe, nicht als Schriftsteller. Im übrigen hasse ich die meisten Schriftsteller, habe ich zu Gambetti gesagt, liebe die wenigsten, aber die so inständig, wie ich nur kann. Die Schriftsteller, die Protokollierer, wie ich sie bezeichnen will, vor allem die deutschen, habe ich zu Gambetti gesagt, habe ich zeitlebens gemieden, ich habe mich mit ihnen auch zeitlebens nicht an einen Tisch gesetzt, denn, so ich zu Gambetti, einen Schriftsteller kennenlernen und sich mit ihm an einen Tisch setzen, stelle ich mir als das Widerwärtigste, das sich denken läßt, vor. Das Werk ja, habe ich zu Gambetti gesagt, aber seinen Erzeuger, nein, habe ich zu Gambetti gesagt. Die meisten haben einen schlechten, wenn nicht geradezu abenteuerlich widerwärtigen Charakter und machen, gleich wer sie sind, in jedem Fall bei der persönlichen Begegnung, ihr Erzeugnis zunichte, löschen es aus, habe ich zu Gambetti gesagt. Die Leute drängen sich darum, den von ihnen geliebten oder verehrten, oder auch gehaßten Schriftsteller kennenzulernen und vernichten sein Werk dadurch vollständig, habe ich zu Gambetti gesagt. Die beste Methode, sich von einem Schriftstellerwerk zu befreien, das einen gleich in was für einer Hinsicht nicht mehr in Ruhe läßt, sei es, weil man es am höchsten schätzt, sei es, daß man es haßt, ist, seinen Erzeuger kennenzulernen. Wir gehen zum Erzeuger eines literarischen Werkes und sind es los, habe ich zu Gambetti gesagt. Schriftsteller insgesamt sind die widerwärtigsten Leute, die es gibt, habe ich zu Gambetti gesagt, und ich hatte am Anfang meiner Studienzeit tatsächlich Schriftsteller aufgesucht, mich zu ihnen gedrängt, wie ich zugeben muß, sie überfallen und sie schließlich überrumpelt, wie ich zugeben muß, habe ich zu Gambetti gesagt, mich bei mehreren sogar eingeschlichen, um sie auszuspionieren. Ich habe sie nach meinen Besuchen ausnahmslos gehaßt und keines ihrer Erzeugnisse mehr lesen können, Gambetti. Alle diese von mir aufgesuchten und mehr oder weniger ausspionierten Schriftsteller betrachte ich heute als niedrige, ja gemeine, ja dumme Menschen, die es zu einem gewissen literarischen Ruhm gebracht haben, habe ich zu Gambetti gesagt, auf deren Gesellschaft ich aber verzichten kann, denn sie geben mir nichts als ihr Mittelmaß. Alles an diesen Leuten ist mittelmäßig, habe ich zu Gambetti gesagt. Alles an diesen Leuten ist kleinbürgerlich und erbärmlich. Alles an diesen Leuten stinkt nach gemeiner Bosheit und nach der Niedrigkeit des Biedermeierlichen, das sich auch noch am Größenwahn vergriffen hat. Alle diese Leute sind durch und durch bieder letzten Endes wie das, das sie schreiben und auf den Markt bringen, habe ich einmal zu Maria gesagt. Es ist, als hätten sich seit hundert Jahren nurmehr noch die Provinzler an der deutschen Literatur vergriffen.

Sch wie: *Schweiz*

DER WELTVERBESSERER
In der Schweiz habe ich mir das letztemal
den Magen verdorben
Ich will nicht mehr in die Schweiz
ich habe nichts zu suchen in der Schweiz
ich bin von der Schweiz immer enttäuscht
gewesen
ruft hinaus
Ich fahre nicht in die Schweiz
Ich lehne die Einladung ab
zu sich
Ich habe mich am Genfersee immer gelangweilt
Montreux ist ein kaltes Loch
in welchem sich jeder dritte den Tod holt
In der Schweiz fühle ich mich immer
wie in die Falle gelockt
Mir ist die Schweiz widerwärtig

S wie: *Stifter*

Stifter habe ich Jahrzehnte verehrt, ohne mich tatsächlich präzise und radikal mit ihm zu beschäftigen. Als ich mich vor einem Jahr präzise und radikal mit Stifter beschäftigte, traute ich meinen Augen und Ohren nicht. Ein so fehlerhaftes und stümperhaftes Deutsch oder Österreichisch, wie Sie wollen, habe ich vorher in meinem ganzen Geistesleben nicht gelesen bei einem solchen ja heute tatsächlich gerade wegen seiner gestochenen und klaren Prosa berühmten Autor. Stifters Prosa ist alles andere als gestochen und sie ist die unklarste, die ich kenne, sie ist vollgestopft mit schiefen Bildern und falschen und verqueren Gedanken und ich wundere mich wirklich, warum dieser Provinzdilettant, der immerhin Schulrat in Oberösterreich gewesen ist, heute gerade von den Schriftstellern und vor allem von den jüngeren Schriftstellern und nicht von den unbekanntesten und unauffälligsten so hoch geehrt wird. Ich glaube, alle diese Leute haben Stifter niemals wirklich gelesen, sondern immer nur blind verehrt, haben von Stifter immer nur gehört, ihn aber niemals wirklich gelesen, wie ich. Wie ich Stifter wirklich gelesen habe vor einem Jahr, diesen *Großmeister der Prosa*, als welcher er ja auch bezeichnet wird, war ich mir selber widerwärtig in der Tatsache, diesen stümperhaften Schreiber jemals verehrt, ja geliebt zu haben. Ich habe Stifter in meiner Jugend gelesen und hatte eine auf diesen Leseerlebnissen begründete Erinnerung an ihn. Ich hatte Stifter mit zwölf und mit sechzehn Jahren gelesen, in einem für mich völlig unkritischen Zeitalter. Ich habe danach aber Stifter niemals überprüft. Stifter ist auf den längsten Strecken seiner Prosa ein unerträglicher Schwätzer, er hat einen stümperhaften und, was das Verwerflichste ist, schlampigen Stil und er ist tatsächlich außerdem auch noch der langweiligste und verlogenste Autor, den es in der deutschen Literatur gibt. Stifters Prosa, die als prägnant und präzise und klar bekannt ist, ist in Wirklichkeit verschwommen, hilf- und verantwortungslos und von einer kleinbürgerlichen Sentimentalität und kleinbürgerlichen Unbeholfenheit, daß es einem beim Lesen etwa des *Witiko* oder der *Mappe meines Urgroßvaters* den Magen umdreht. Gerade diese *Mappe meines Urgroßvaters* ist schon in den ersten Zeilen ein stümperhafter Versuch, eine leichtfertig in die Länge gezogene, sentimentale, fade Prosa voll innerer und äußerer Fehler als ein Kunstwerk auszugeben, das doch nichts ist als ein kleinbürgerliches Linzer Machwerk. Es wäre ja auch undenkbar, daß aus dem kleinbürgerlichen Provinzloch Linz, das seit Keplers Zeiten ein tatsächlich zum Himmel schreiendes Provinzloch geblieben ist, das eine Oper hat, in der die Leute nicht singen können, ein Schauspiel, in dem die Leute nicht spielen können, Maler, die nicht malen, und Schriftsteller, die nicht schreiben können, auf einmal ein Genie hervorgegangen wäre, als welches doch Stifter allgemein bezeichnet wird. Stifter ist kein Genie, Stifter ist ein verkrampft lebender Philister und ein ebenso verkrampft schreibender muffiger Kleinbürger als Schulmann, der nicht einmal den geringsten Anforderungen an die Sprache entsprochen hat, geschweige denn darüber hinaus befähigt gewesen wäre, Kunstwerke hervorzubringen, sagte Reger. Stifter ist, alles in allem, sagte er, geradezu eine meiner größten künstlerischen Lebensenttäuschungen. Jeder dritte oder wenigstens jeder vierte Satz von Stifter ist falsch, jedes zweite oder dritte Bild in seiner Prosa ist verunglückt, und der Geist Stifters überhaupt ist, wenigstens in seinen literarischen Schriften, ein durchschnittlicher. Stifter ist in Wahrheit einer der phantasielosesten Schriftsteller, die jemals geschrieben haben und einer der anti- und unpoetischsten gleichzeitig. Aber die Leser und die literarischen Wissenschaftler sind auf diesen Stifter immer hereingefallen. Daß sich der Mann am Ende seines Lebens umgebracht hat, ändert an einer absoluten Mittelmäßigkeit nichts. Ich kenne keinen Schriftsteller auf der Welt, der so dilettantisch und stümperhaft ist und noch dazu so borniert engstirnig wie Stifter und so weltberühmt gleichzeitig.

W wie: *Wien*

… wissen Sie, das ist in Wien, wo ja tatsächlich alle Toiletten so verwahrlost sind wie in keiner anderen größeren Stadt Europas, doch eine Seltenheit, eine Toilette vorzufinden, in welcher es einem nicht den Magen umdreht und in welcher man sich nicht die ganze Zeit, während man sich in ihr aufhält, Augen und Nase unbedingt zuhalten muß; die Wiener Toiletten sind insgesamt ein Skandal, selbst auf dem unteren Balkan finden Sie nicht eine einzige solche verwahrloste Toilette, sagte Reger. Wien hat keine Toilettenkultur, sagte er, Wien ist ein einziger Toilettenskandal, selbst in den berühmtesten Hotels der Stadt befinden sich skandalöse Toiletten, die scheußlichsten Aborte finden Sie in Wien, so scheußlich wie in keiner anderen Stadt, wenn Sie Wasser ablassen müssen, erleben Sie Ihr Wunder, sagte er. Wien ist ganz oberflächlich wegen seiner Oper berühmt, aber tatsächlich gefürchtet und verabscheut wegen seiner skandalösen Toiletten. Die Wiener, ja die Österreicher insgesamt, haben keine Toilettenkultur, auf der ganzen Welt finden Sie keine derartig verschmutzten und übelriechenden Aborte, sagte Reger. In Wien auf den Abort gehen zu müssen, ist meistens eine Katastrophe, man macht sich in ihnen, wenn man kein Akrobat ist, schmutzig und der Gestank in ihnen ist so groß, daß er sich oft auf Wochen in den Kleidern festsetzt. Überhaupt, sagte Reger, sind die Wiener schmutzig, es gibt keine europäischen Großstädter, die schmutziger sind, wie es ja bekannt ist, daß die schmutzigsten europäischen Wohnungen die Wiener Wohnungen sind, die Wiener Wohnungen sind noch viel schmutziger als die Wiener Toiletten. Die Wiener sagen andauernd, auf dem Balkan ist es so schmutzig, überall hören Sie das Gerede, aber in Wien ist es noch hundertmal schmutziger als auf dem Balkan, so Reger.

Wenn Sie mit einem Wiener in seine Wohnung gehen, bleibt Ihnen meistens vor Schmutz der Verstand stehen. Natürlich gibt es Ausnahmen, aber die Regel ist doch, daß die Wiener Wohnungen die schmutzigsten Wohnungen auf der Welt sind. Immer denke ich, was denken sich die Ausländer, wenn sie auf die Toilette gehen müssen in Wien, was denken sich diese Leute, die ja doch saubere Toiletten gewohnt sind, wenn sie in diese schmutzigsten Toiletten von ganz Europa gehen müssen. Die Leute gehen nur schnell ihr Wasser ablassen und kommen entsetzt vor soviel Schmutz im Pissoir zurück. Überall dieser übelstinkende Geruch auch in allen öffentlichen Aborten, gleich, ob Sie auf den Bahnhöfen auf den Abort gehen oder weil es Sie in der Untergrundbahn dazu nötigt, Sie müssen einen der schmutzigsten Aborte von Europa aufsuchen. Auch und vor allem in den Wiener Kaffeehäusern sind die Toiletten so schmutzig, daß es einen ekelt, sagte Reger. Einerseits dieser größenwahnsinnige gigantische Mehlspeisenkult, andererseits diese fürchterlich schmutzigen Toiletten, sagte er. In vielen dieser Toiletten kommt es einem vor, als wäre in ihnen schon jahrelang nicht mehr geputzt worden. Die Kaffeehausbesitzer schützen einerseits ihre Mehlspeisen vor der geringsten Zugluft, was den Mehlspeisen natürlich zugute kommt, legen andererseits aber nicht den geringsten Wert auf die Sauberkeit in ihren Aborten. Wehe, sagte Reger, wenn man einmal bevor man noch mit dem Mehlspeiseessen begonnen hat, auf die Toilette gehen muß in einem dieser zum Großteil doch recht berühmten Kaffeehäuser, da vergeht es einem, wenn man aus der Toilette herauskommt, gründlich, auch nur einen Bissen von der angebotenen oder gar schon servierten Mehlspeise zu essen. Aber auch die Wiener Restaurants sind schmutzig, ich behaupte, sie sind die schmutzigsten in ganz Europa. Alle Augenblicke sind Sie mit einem vollkommen bekleckerten Tischtuch konfrontiert und wenn Sie den Kellner darauf aufmerksam machen, daß das Tischtuch bekleckert ist und Sie nicht die Absicht haben, auf einem von vorn bis hinten bekleckerten Tischtuch Ihre Mahlzeit einzunehmen, wird dieses vollkommen bekleckerte Tischtuch nur widerwillig weggenommen und durch ein neues ersetzt, Sie ziehen, wenn Sie die Entfernung eines schmutzigen Tischtuchs verlangen, doch nur wütende und tatsächlich gemeingefährliche Blikke auf sich. In den meisten Gasthäusern bekommen Sie ja nicht einmal ein Tischtuch auf den Tisch und wenn Sie darum bitten, man möge doch den ärgsten Schmutz von der schmutzigen, sehr oft tatsächlich biernassen Platte wischen, bekommen Sie eine ungezogene Maulerei zu hören, sagte Reger. Die Toilettenfrage und die Tischdeckenfrage sind in Wien nicht gelöst, sagte Reger. In jeder Großstadt der Welt, und ich habe schließlich beinahe alle bereist und die meisten von ihnen mehr als nur oberflächlich kennen gelernt, bekommen Sie als Selbstverständlichkeit ein sauberes Tischtuch auf den Tisch, bevor Sie mit Ihrer Mahlzeit anfangen. In Wien ist ein sauberes Tischtuch oder wenigstens eine saubere Tischplatte durchaus keine Selbstverständlichkeit. Und mit den Toiletten verhält es sich genauso, die Wiener Toiletten sind die ekelerregendsten nicht nur in Europa, sondern in der ganzen Welt. Was haben Sie vor einem vorzüglichen Essen, wenn Ihnen schon bevor Sie zu essen anfangen, in der Toilette der Appetit vergeht und was haben Sie nach einem vorzüglichen Essen, wenn es Ihnen dann in der Toilette den Magen umdreht, sagte er. Die Wiener haben, wie die Österreicher insgesamt, keine Toilettenkultur, ein österreichischer Abort ist immer eine Katastrophe gewesen, sagte Reger. So berühmt Wien für seine zum Großteil ja wirklich exzellente Küche ist, wenigstens was die Mehlspeisen anlangt, so unrühmlich ist sein Ruf, seine Toiletten betreffend. Das Ambassador hat auch bis vor kurzem noch eine Toilette gehabt, die jeder Beschreibung spottete. Eines Tages hat sich die Direktion aber doch besonnen und eine neue gebaut, eine außerordentlich gut gelungene, tatsächlich eine *nicht nur architektonisch, sondern auch sanitär soziologisch bis in die kleinsten Einzelheiten hinein perfekte.* Tatsächlich sind die Wiener die schmutzigsten Leute in Europa und es ist wissenschaftlich festgestellt, daß der Wiener nur einmal in der Woche ein Stück Seife verwendet, wie es ebenso wissenschaftlich festgestellt ist, daß er seine Unterhosen nur einmal wöchentlich wechselt, wie er seine Hemden auch höchstens zweimal in der Woche wechselt und die meisten Wiener wechseln ihre Bettwäsche nur monatlich einmal, so Reger. Die Socken oder Strümpfe hat der Wiener im Durchschnitt gar zwölf Tage hintereinander an, sagte Reger. So gesehen, machen die Seifenfabrikanten und die Wäscheerzeuger nirgendwo in Europa ein so schlechtes Geschäft wie in Wien und natürlich in ganz Österreich, so Reger. Dafür verbrauchen sie Unmengen von Duftwasser der billigsten Kategorien, sagte Reger, und alle stinken sie schon von weitem penetrant nach Veilchen oder Nelken oder Maiglöckchen oder Buchsbaum. Und es ist natürlich konsequent, von dem äußeren Schmutz der Wiener, auf ihren inneren Schmutz zu schließen, so Reger, und tatsächlich sind die Wiener innen nicht viel weniger schmutzig als außen und möglicherweise, sagte Reger, ich sage möglicherweise, also nicht ganz mit Sicherheit, verbesserte er sich, sind die Wiener innen noch viel schmutziger, als sie außen sind. Alles spricht dafür, daß sie innen noch viel schmutziger sind, als außen. Darüber nachzudenken habe ich aber keine Lust, sagte er dann, das wäre durchaus eine Aufgabe für sogenannte Soziologiker, darüber eine Studie zu schreiben. In dieser Studie müßten wahrscheinlich doch die Wiener als die allerschmutzigsten Menschen Europas beschrieben werden, meinte Reger.

Z wie: *Zeugnisse und Titel*

Die Menschheit, so scheint es, strengt sich nur so lange an, als sie stumpfsinnige Zeugnisse zu erwarten hat, mit welchen sie vor der Öffentlichkeit auftrumpfen kann, hat sie genug solcher stumpfsinniger Zeugnisse in der Hand, läßt sie sich gehen. Sie lebt zum Großteil nur, um Zeugnisse und Titel zu erreichen, aus keinem anderen Grund und hat sie die ihrer Meinung nach ausreichende Zahl von Zeugnissen und Titeln erreicht, läßt sie sich in das weiche Bett dieser Zeugnisse und Titel fallen. Sie hat, scheint es, gar keinen anderen Lebenszweck. Sie hat, wie es scheint, gar kein Interesse an einem eigenen, unabhängigen Leben, an einer eigenen, unabhängigen Existenz, nur an diesen Zeugnissen und Titeln, unter welchen die Menschheit schon jahrhundertelang zu ersticken droht. Sie drängen nicht nach Unabhängigkeit und Selbständigkeit überhaupt, nicht nach ihrer eigenen natürlichen Entwicklung, sondern nur nach diesen Zeugnissen und Titeln und sie würden für diese Zeugnisse und Titel jederzeit sterben, wenn man sie ihnen voraussetzungslos aushändigen und geben würde, das ist die entlarvende und deprimierende Wahrheit. So gering schätzen sie das Leben an sich, daß sie nur die Zeugnisse und Titel sehen und sonst nichts. Sie hängen sich die Zeugnisse und Titel in ihren Wohnungen an die Wand, in den Wohnungen der Metzgermeister und der Philosophen, der Küchengehilfen und der Rechtsanwälte und Richter hängen die Zeugnisse und Titel und sie starren diese ihre Zeugnisse und Titel ihr ganzes Leben lang mit den gierigen Augen an, die sie von diesem fortwährenden gierigen Starren auf diese Zeugnisse und Titel bekommen haben. Sie sagen im Grunde über sich selbst nicht, ich bin der und der Mensch, sondern ich bin der und der Titel, ich bin das und das Zeugnis. Und sie pflegen den Umgang nicht mit dem und dem Menschen, sondern nur mit dem und dem Zeugnis und dem und dem Titel. So können wir ohne weiteres sagen, daß in der Menschheit nicht die Menschen unter sich verkehren, sondern nur die Zeugnisse und Titel, die Menschen sind in der Menschheit, grob gesprochen, gleichgültig, wichtig sind nur die Titel und Zeugnisse. Nicht die Menschen werden seit Jahrhunderten gesehen, sondern nur Titel und Zeugnisse. Nicht Herrn Huber treffen sie im Kaffeehaus, sondern den Doktortitel Huber, nicht mit dem Herrn Maier gehen sie essen, sondern mit dem Diplomingenieur desselben Namens. Erst dann, scheint es, haben sie ihr Ziel erreicht, wenn sie nicht mehr der Mensch, sondern der Diplomingenieur sind, wenn sie nicht mehr, wie sie glauben, nur die Frau Müller, sondern die Frau Gerichtsrat sind. Und sie empfangen in ihren Büros auch nicht das Fräulein, sondern das ausgezeichnete Zeugnis. Diese Zeugnis- und Titelsucht ist zwar in ganz Europa verbreitet, aber sie hat zweifellos in Deutschland und vor allem in Österreich einen Grad von Ungeheuerlichkeit und Groteske erreicht, der niederschmetternd ist. Erst neulich habe ich zu Gambetti gesagt, die Österreicher und die Deutschen schätzen nicht die Menschen, sondern nur die Titel und Zeugnisse, ja, sie gehen so weit, zu glauben, der Mensch entstehe erst in dem Augenblick, in welchem er ein Zeugnis erhalten oder einen Titel erlangt habe, vorher sei er gar kein Mensch. Gambetti fand diese Feststellung meinerseits als zu krass, übertrieben nannte er sie, aber ich werde ihm im Laufe unseres Unterrichts schon noch beweisen, daß ich durchaus nicht übertreibe und daß es sich nicht nur in Österreich so verhält, wie ich gerade wieder denke, sondern in ganz Europa und mit der Zeit mit erschreckender Schnelligkeit auch in der ganzen Welt. Aber diese Zeugnis- und Titelsucht ist natürlich keine Erfindung dieses Jahrhunderts, die Menschen waren schon immer danach aus. Da sie sich selbst viel zu gering schätzten, gaben sie sich eines Tages, vor Jahrhunderten schon, als Zeugnis und Titel aus, um vor sich selbst bestehen zu können.

Methodologische Nachbemerkung

Meine Übertreibungskunst

Wir steigern uns oft in eine Übertreibung derartig hinein, habe ich zu Gambetti später gesagt, daß wir diese Übertreibung dann für die einzige folgerichtige Tatsache halten und die eigentliche Tatsache gar nicht mehr wahrnehmen, nur die maßlos in die Höhe getriebene Übertreibung. Mit diesem Übertreibungsfanatismus habe ich mich schon immer befriedigt, habe ich zu Gambetti gesagt. Er ist manchmal die einzige Möglichkeit, wenn ich diesen Übertreibungsfanatismus nämlich zur Übertreibungskunst gemacht habe, mich aus der Armseligkeit meiner Verfassung zu retten, aus meinem Geistesüberdruß, habe ich zu Gambetti gesagt. Meine Übertreibungskunst habe ich so weit geschult, daß ich mich ohne weiteres den größten Übertreibungskünstler, der mir bekannt ist, nennen kann. Ich kenne keinen andern. Kein Mensch hat seine Übertreibungskunst jemals so auf die Spitze getrieben, habe ich zu Gambetti gesagt und darauf, daß ich, wenn man mich kurzerhand einmal fragen wollte, was ich denn eigentlich und insgeheim sei, doch darauf nur antworten könne, der größte Übertreibungskünstler, der mir bekannt ist. Darauf ist Gambetti wieder in sein Gambettilachen ausgebrochen und hat mich mit seinem Gambettilachen angesteckt, so lachten wir beide auf dem Pincio an diesem Nachmittag, wie wir noch niemals vorher gelacht hatten. Aber auch dieser Satz ist natürlich wieder eine Übertreibung, denke ich jetzt, während ich ihn aufschreibe, und Kennzeichen meiner Übertreibungskunst. Damals habe ich zu Gambetti gesagt, daß die Kunst der Übertreibung eine Kunst der Überbrückung sei, der Existenzüberbrückung in meinem Sinn, habe ich zu Gambetti gesagt. Durch Übertreibung, schließlich durch Übertreibungskunst, die Existenz auszuhalten, habe ich zu Gambetti gesagt, sie zu ermöglichen. Je älter ich werde, desto mehr flüchte ich in meine Übertreibungskunst, habe ich zu Gambetti gesagt. Die großen Existenzüberbrükker sind immer große Übertreibungskünstler gewesen, ganz gleich, was sie gewesen sind, geschaffen haben, Gambetti, sie waren es schließlich doch nur durch ihre Übertreibungskunst. Der

Maler, der nicht übertreibt, ist ein schlechter Maler, der Musiker, der nicht übertreibt, ist ein schlechter Musiker, sagte ich zu Gambetti, wie der Schriftsteller, der nicht übertreibt, ein schlechter Schriftsteller ist, wobei es ja auch vorkommen kann, daß die eigentliche Übertreibungskunst darin besteht, alles zu untertreiben, dann müssen wir sagen, er übertreibt die Untertreibung und macht die übertriebene Untertreibung so zu seiner Übertreibungskunst, Gambetti. Das Geheimnis des großen Kunstwerks ist die Übertreibung, habe ich zu Gambetti gesagt, das Geheimnis des großen Philosophierens ist es auch, die Übertreibungskunst ist überhaupt das Geistesgeheimnis, habe ich zu Gambetti gesagt, diesen zweifellos absurden Gedanken, der sich bei noch näherer Betrachtung zweifellos als der einzige richtige herausstellen hatte müssen, gab ich aber dann auf und ich entfernte mich von dem Jägerhaus in Richtung Meierei und ging auf die Kindervilla zu, dabei denkend, daß es die Kindervilla gewesen ist, die mich auf diese absurden Gedanken gebracht hat.

Thomas Bernhard,
Auslöschung, Kapitel *Das Testament*, 1986

Quellennachweise

A wie: *Ärzte*
In: Thomas Bernhard, *Wittgensteins Neffe. Eine Freundschaft.* Frankfurt am Main (= Bibliothek Suhrkamp 788), S. 13 ff.

A wie: *Arbeit*
In: Thomas Bernhard, *Auslöschung. Ein Zerfall.* Frankfurt am Main 1986, S. 94 f.

B wie: *Buchhändler*
In: Thomas Bernhard, *Die Billigesser*, Frankfurt am Main 1988 (= suhrkamp taschenbuch 1409), S. 131 f.

C wie: *Chur in der Schweiz*
In: Thomas Bernhard, *Werke 6, Der Untergeher*, hg. von Renate Langer, Frankfurt am Main 2006, S. 54 f.

D wie: *deutsche Wörter und deutsches Denken*
In: Thomas Bernhard, *Auslöschung. Ein Zerfall.* Frankfurt am Main 1986, S. 8 f.

F wie: *Fotografie*
In: Thomas Bernhard, *Auslöschung. Ein Zerfall.* Frankfurt am Main 1986, S. 26 f.

F wie: *Frauen*
In: Thomas Bernhard, *Der Theatermacher*. Frankfurt am Main 1984 (= Bibliothek Suhrkamp 870), S. 113

G wie: *Goethe*
In: Thomas Bernhard, *Auslöschung. Ein Zerfall.* Frankfurt am Main 1986, S. 575 ff.

H wie: *Heidegger*
In: Thomas Bernhard, *Alte Meister. Komödie.* Frankfurt am Main 1985, S. 87 ff.

H wie: *Hunde*
In: Thomas Bernhard, *Werke 5, Beton,* hg. von Martin Huber und Wendelin Schmidt-Dengler. Frankfurt am Main 2006, S. 48 f.

I wie: *Industrie*
In: Thomas Bernhard, *Werke 12, Watten,* hg. von Hans Höller und Manfred Mittermayer. Frankfurt am Main 2006, S. 93

J wie: *Junge Leute*
In: Thomas Bernhard, *Werke 7, Holzfällen,* hg. von Martin Huber und Wendelin Schmidt-Dengler. Frankfurt am Main 2007, S. 166

K wie: *Kinder*
In: Thomas Bernhard, *Werke 12, Gehen,* hg. von Hans Höller und Manfred Mittermayer. Frankfurt am Main 2006, S. 152 f.

K wie: *Kirche, katholische*
In: Thomas Bernhard, *Auslöschung. Ein Zerfall.* Frankfurt am Main 1986, S. 141 ff.

L wie: *Die Lehre vom Menschen*
In: Thomas Bernhard, *Werke 1, Frost,* hg. von Martin Huber und Wendelin Schmidt-Dengler. Frankfurt am Main 2003, S. 270 f.

L wie: *Lehrer*
In: Thomas Bernhard, *Alte Meister. Komödie.* Frankfurt am Main 1985, S. 51 ff.

L wie: *Leser*
In: Thomas Bernhard, *Alte Meister. Komödie.* Frankfurt am Main 1985, S. 38 ff.

L wie: *Literatur, deutsche*
In: Thomas Bernhard, *Auslöschung. Ein Zerfall.* Frankfurt am Main 1986, S. 606 ff.

M wie: *Maler*
In: Thomas Bernhard, *Alte Meister. Komödie.* Frankfurt am Main 1985, S. 61 ff.

M wie: *Die Menschheit*
In: Thomas Bernhard, *Alte Meister. Komödie.* Frankfurt am Main 1985, S. 209 ff.

M wie: *Musikindustrie*
In: Thomas Bernhard, *Alte Meister.Komödie.* Frankfurt am Main 1985, S. 278 ff.

O wie: *Die Österreicher*
In: Thomas Bernhard, *Auslöschung. Ein Zerfall.* Frankfurt am Main 1986, S. 112 ff.

P wie: *Philosophen*
In: Thomas Bernhard, *Ja.* Frankfurt am Main 2006, S. 91 f.

P wie: *Politiker*
In: Thomas Bernhard, *Werke 16, Die Berühmten,* hg. von Manfred Mittermayer und Jean-Marie Winkler. Frankfurt am Main 2005, S. 320 f.

S wie: *Salzburg*
In: Thomas Bernhard, *Werke 6, Der Untergeher,* hg. von Renate Langer. Frankfurt am Main 2006, S. 13 ff.

Sch wie: *Schauspieler*
In: Thomas Bernhard, *Der Schein trügt.* Frankfurt am Main 2007 (= Bibliothek Suhrkamp 818), S. 40

Sch wie: *Schriftsteller*
In: Thomas Bernhard, *Auslöschung. Ein Zerfall.* Frankfurt am Main 1986, S. 615 ff.

Sch wie: *Schweiz*
In: Thomas Bernhard, *Stücke 3, Der Weltverbesserer.* Frankfurt am Main 1988 (= suhrkamp taschenbuch 1544), S. 134

S wie: *Stifter*
In: Thomas Bernhard, *Alte Meister. Komödie.* Frankfurt am Main 1985, S. 72 ff.

W wie: *Wien*
In: Thomas Bernhard, *Alte Meister. Komödie.* Frankfurt am Main 1985, S. 162 ff.

Z wie: *Zeugnisse und Titel*
In: Thomas Bernhard, *Auslöschung. Ein Zerfall.* Frankfurt am Main 1986, S. 79 ff.

Inhalt

»Naturgemäß Bernhard«

Für Einsteiger und Eingeweihte: Sechs Lesebücher über die Liebe und die Ehehölle, über das Erzählen und das Geschichtenzerstören, über Untertreibung und Übertreibung. Naturgemäß Thomas Bernhard eben!

Alles ist lächerlich. st 3951. 100 Seiten

Die Ehehölle. st 3952. 100 Seiten

»Ich bin ein Geschichtenzerstörer«.
st 3953. 100 Seiten

Meine Übertreibungskunst. st 3950. 100 Seiten

Naturgemäß. st 3949. 100 Seiten

»Die Ursache bin ich«. st 3948. 100 Seiten

NFk 001/1/10.07